Mayrant Gallo

O Gol esquecido
CONTOS DE FUTEBOL

A GIRAFA

São Paulo, 2014

Copyright do texto © 2014 Mayrant Gallo
Copyright da edição © 2014 A Girafa

Todos os direitos desta edição reservados à
Manuela Editorial Ltda. (A Girafa)
Rua Bagé, 59
Vila Mariana – São Paulo, SP – 04012-140
Telefone: (11) 5085-8080
livraria@artepaubrasil.com.br
www.artepaubrasil.com.br

Diretor editorial: Raimundo Gadelha
Coordenação editorial: Mariana Cardoso
Assistente editorial: Amanda Bibiano
Capa e projeto gráfico: Renan Glaser
Diagramação: Bárbara de Souza
Revisão: Carolina Ferraz e Jonas Pinheiro
Impressão: Graphium

CIP-BRASIL. CATALOGAÇÃO NA PUBLICAÇÃO
SINDICATO NACIONAL DOS EDITORES DE LIVROS, RJ

G162g

    Gallo, Mayrant
    O gol esquecido: Contos de futebol/ Mayrant Gallo.– 1. ed.– São Paulo:
    A Girafa, 2014. 96 p. : il.

    ISBN 978-85-63610-08-9

    1. Conto brasileiro. I. Título.

13-07196   CDD: 869.93
                                                                                      CDU: 821.134.3(81)-3

19/11/2013   22/11/2013

Impresso no Brasil
Printed in Brazil

Para minha mãe, que receou que eu me tornasse jogador de futebol, esta submissão em palavras.

O PACTO

A primeira história de futebol que escrevi foi *Ademir*. Inconscientemente. Só muito tempo depois compreendi que era uma narrativa de futebol, embora continuasse o que é: um esboço sobre os excessos do poder. E sobre a intolerância, a inveja, a traição.

Depois deste conto, percebi que o futebol, num ou noutro momento, aparecia com alguma frequência em minhas histórias. Então, fiz um pacto comigo mesmo: todas as vezes que surgisse, num conto, alguma referência ao futebol, eu o deslocaria para um arquivo específico, que reuniria narrativas irmãs, mesmo que tal esporte fosse apenas referido, como no relato *Escadas*.

Portanto, foi assim que este livro se consumou, sem desespero de criação, através de um método despretensioso, fortuito. Mas — e aí o escritor vigilante surgiu! —, quando cheguei a coletar em torno de catorze histórias — muitas das quais publicadas no *Correio da Bahia* —, tive a ideia de mais quatro, acrescidas depois de outras duas, que escrevi especificamente para o site *Verbo 21*, do escritor Lima Trindade: *Nenhuma participação em Libertadores* e *Um táxi para o inferno*. O escritor Carlos Barbosa costuma dizer que desperdiço meus contos na *internet*. É provável, além de que, com esta imprudência, acrescento mais um pouco de entropia ao mundo.

Por fim, com o livro já na editora — e agradeço aqui ao editor Raimundo Gadelha e sua equipe, pelo respeito, tolerância e gentileza com que me trataram, pois levei exatamente um ano para entregar as primeiras provas, devidamente revistas —, fechei o livro com o conto *Método Buzzati de sofrer*, originalmente escrito para a coletânea *82*, da editora Casarão do Verbo, e, por razões pessoais, não aproveitado. Creio que ele ficou melhor aqui.

Esta obsessão pela totalidade não é privilégio meu, muitos autores a possuem e, não raro, a levam para o túmulo, na esperança de que, agora na Eternidade, coloquem em sua obra, afinal, a última pincelada de perfeição de que são capazes.

Não são muitos, no nosso país, os livros de contos só com relatos de futebol. Lembro-me com alegria de dois: *Maracanã adeus*, de Edilberto Coutinho, e *Na marca do pênalti,* de Cláudio Lovato Filho. Entre o primeiro e o segundo, há um intervalo de mais ou menos três décadas, período no qual o gosto do brasileiro pelo futebol só se intensificou, com mais dois títulos mundiais, um vice-campeonato, muitas Copas América e a tão sonhada conquista da medalha de ouro olímpica, mais uma vez adiada, agora para a Rio 2016. Creio que isso é o suficiente para justificar este livro, além do fato de que uma das mais importantes atribuições da literatura, como de qualquer arte, é problematizar o mundo — tomado por unidade autônoma e totalizante — ou qualquer uma de suas partes. Neste sentido, o futebol tem tanto valor quanto o homem.

M. G.

SUMÁRIO

1. Retratos do Brasil

Quatro-cinco-um...10
Fiapo, o amargo..13
Quinteto mágico...16
Zagueiro..20
Técnico preocupado...23
Barrado...26
Não vá ao treino...30

2. Divisões de Base

Ademir..36
   Ouverture..36
   Andante...36
   Alegro..38
   Scherzo..38
   Adágio...39
As jogadas...39
Escadas...43
O segredo...46
Claro..48
O goleiro que dormiu cedo............................52
E amanhã tem jogo..56

3. Campo e Extracampo

O gol esquecido..62
Monstro..65
Piedosamente..69
Nenhuma participação em Libertadores......72
Um táxi para o inferno...................................75
Guerra, sangue e cerveja................................82
Método Buzzati de sofrer...............................88
   Noite e fuga..88
   Coda...92
Sobre o Autor..95

Retratos do Brasil

"O conhecimento do Brasil passa pelo futebol."

José Lins do Rego

QUATRO-CINCO-UM

Fui visitar o Bomba, pois sabia que ele não andava bem, que estava doente havia meses, espreitando a morte, que talvez também o recusasse. Levei meu caderno de notas. Pretendia registrar tudo o que ele falasse, se falasse. No início, Bomba fora zagueiro, mas depois passou a atacante. Tinha um chute! Nenhum dos seus ex-companheiros quis ir comigo. É incrível como as relações se acabam... Liguei para o primeiro, o Pedrinho, que me disse, seco:

— Não vou. Por mim, ele morre à míngua...

O Baderna foi ainda mais violento:

— Ué, ele ainda não morreu, não?!

Churrasco, que de todos era o que possuía motivos mais graves para odiar o Bomba, pois este lhe roubara a mulher, disse que até poderia ir, mas tinha treino. Da geração era o único que ainda continuava em atividade.

Nem cogitei chamar o Zaru ou o Rolinha, que estavam de férias por aqui. Eles fizeram a fama do Bomba, com passes precisos que o deixavam na cara do gol. Mas, como os outros, ao fim trocaram de clube e país e esqueceram o artilheiro. Tarde demais, até. Muitos não aguentariam tanto. Em campo mesmo, reagiriam, não lhe passando mais a bola, exceto na fogueira.

Por minha parte, cedo soube que não dava para a bola e então preferi os estudos, mas foi uma satisfação descobrir, mais tarde, que muitos dos meus amigos de rua e do campinho careca iam chutando canelas mundo afora. Zaru e Rolinha chegaram à Copa do Mundo e brilharam. Talvez por isso, naquele momento, ao ouvirem falar do Bomba e sua doença, conservassem o nariz em pé. Fizeram por onde arrebitá-los, para sempre.

Demorei a achar a rua e ainda mais a casa. Durante o trajeto, parei em dois bares e uma mercearia. Todas as pessoas que abordei, nos três estabelecimentos, se lembravam do Bomba, mas ninguém se sentia à vontade em falar sobre ele. Duas ou três até me viraram as costas, indignadas. Percebi então que a má reputação do atacante ia além das quatro linhas. Um jornal lançara um concurso de histórias de futebol, verídicas ou não, e, como eu próprio convivera com alguns jogadores, decidi participar. E a história do Bomba me pareceu a melhor. Ele era o oposto de qualquer jogador de futebol da atualidade: famosos, ricos e bem-humorados, a praticar boas ações e arrotá-las na mídia. Bomba era uma bomba acesa e, por muitos anos, se limitou apenas a fazer gols. Muitos. Mas não tantos, nem tão bonitos, para chegar a uma Copa do Mundo. Quanto ao pé-de-meia no exterior, esteve por dois anos em Portugal, num timeco de médio porte que atuava fechadinho, saindo nos contra-ataques, mesmo jogando em casa. O típico esquema 4-5-1 dos velhos times ingleses. Por várias vezes, Bomba deixou claro que aquilo era burrice. E acabou voltando para casa mais cedo sem ser artilheiro nem mesmo da terceira divisão. No Brasil, continuou sua peregrinação de clube em clube, sempre balançando as redes e fazendo tremer o mundo à sua volta. Parou aos 37 anos, 23 dos quais dedicados ao futebol. O dinheiro que ganhou ao longo da carreira não durou muito, e agora, aos 41 anos, doente e recluso, só era lembrado como mito negativo, um mau-caráter dos gramados.

Deixei a mercearia acompanhado de um garoto que me garantiu saber onde morava o craque. E que até jogara com ele, um ano atrás, quando Bomba apareceu no campinho e bateu uma bola com a turma.

— Ele é legal.
— Você achou? — perguntei, surpreso.
— Achei sim.

Era uma excelente notícia, uma voz dissonante. Acabara o tempo em que o jogador de futebol podia ser ele mesmo. Agora não passava de uma mistura de ídolo *pop-rock* e garoto propaganda, com uma pitada de bom-moço. Ou seguia esse trilho ou descarrilhava. E Bomba era exatamente o oposto: um trem solitário abandonado à chuva nas linhas de desvio.

— Ele fez gol na pelada? — perguntei, enxugando com um lenço o suor da testa. Embora fosse outono, o sol estava forte, e a rua era maior que qualquer outra que eu jamais percorrera. Meu corpo, já gordo e flácido, pedia sombra, quietude, água.

— Fez sim. Cinco! — o garoto riu.
— Mas nunca mais apareceu... — frisei.
— Não.

Chegamos a um ponto da rua em que o calçamento dava lugar a um piso de terra negra. Aqui e ali, algumas poças das recentes chuvas refletiam o céu, o sol, nossos corpos — o meu prestes a derrear-se num baque surdo. As casas mudaram, ficaram mais humildes, com cercas de arame e mourão, e portões improvisados com restos de madeira já aos pedaços. Algumas ainda estavam nos tijolos e jamais veriam reboco. Os varais pesavam cheios de roupas a exalar um odor fresco de sabão em pó e intimidade. Volta e meia surpreendíamos um vulto a espreitar nas janelas, por trás das cortinas imundas.

— É aqui! — o garoto disse e parou. Olhei a casa. Pequena, simples, borrada de amarelo, com portas e janelas azuis. Um muro branco e baixo a rodeava, quase como um ornamento, sem nenhum desejo real de proteção. Batemos palmas. A cortina de uma das janelas afastou-se um pouco, e um rosto jovem, de mulher, apareceu só pela metade, um olho solitário a descortinar o mundo. Depois a porta se abriu, e ela surgiu, envolta num xale preto e gasto. Era realmente jovem, mas parecia precocemente envelhecida. Perguntou o que desejávamos. Expliquei que era escritor e queria falar com o craque. Ela baixou a cabeça e em seguida a ergueu para o céu, mordendo o lábio inferior. Mesmo de longe, percebi que revirou os olhos, como se não soubesse o que fazer com eles, e afinal os depositou longe, muito além do fim da rua...

Não queria nos receber. Disse que Bomba não estava e que, mesmo se estivesse, não ia querer falar conosco. E entrou, bateu a porta, sumiu por um tempo. Como não nos afastássemos, reapareceu, ainda mais embrulhada no xale, e nos convidou a entrar. Sem uma palavra sequer, obstinada em sua dor, nos conduziu ao quintal, nos fundos do terreno. Na extremidade, lá longe, entre algumas plantas abandonadas à sorte das intempéries, uma protuberância no chão foi a sua resposta silenciosa a todas as perguntas que eu ainda não fizera.

— Ele pediu para ser enterrado aqui, e eu mesma me encarreguei da coisa, numa noite, uma chuva danada... — ela explicou, devagar, com lágrimas nos olhos.

Nada de cemitérios, ele havia dito. E ali estava, sozinho, à parte, como se isolado no ataque.

FIAPO, O AMARGO

E então estávamos lá, naquele bar de beira de estrada, sem nem uma alma, eu e Fiapo. No balcão, o proprietário lia o jornal e, no extremo oposto, sentado numa cadeira à porta de entrada, com o peito firmado no espaldar, o único garçom presente aparava as unhas. Eu repassava as perguntas com o Fiapo, enquanto o câmera e o iluminador ajeitavam o equipamento. Na mesa ao lado, diante do vídeo, a produtora acertava os últimos detalhes para o início da entrevista. Nosso programa ia ao ar toda segunda-feira, às 22 horas. Era um sumário de esportes diferente. Depois de uma passagem rápida pelos resultados da semana, nas modalidades mais populares, cumpríamos uma pauta de recuos históricos, com ênfase em grandes jogos, jogadas inesquecíveis e ídolos que ficaram.

Quando a entrevista começou, Fiapo, como num passe de mágica, perdeu o nervosismo. Foi como se voltasse aos velhos tempos, na lateral esquerda. Ele fora um dos primeiros, antes de Marinho Chagas e Júnior, a fazer daquela estreita faixa de campo confinada à defesa uma via expressa para o ataque. Fiapo não queria falar de clubes, de nenhum dos três em que jogara e nos quais não fora feliz. Eram as suas condições, e tivemos de acatá-las. No vídeo, seus gestos são precisos, quase aristocráticos. E a dicção, a serviço da objetividade e da economia, é perfeita, sem hesitações nem deslizes. Ao fim, nada a corrigir ou cortar. Pelo contrário: material suficiente para duas entrevistas de quinze minutos, o que nos fez pensar num quadro rapidíssimo, na forma de vinhetas, em que aproveitássemos duas ou três falas breves e interessantes, não incluídas na edição final.

Comecei por perguntar o que representara para ele o futebol. Um meio de ganhar a vida, só. Tal fleuma talvez explicasse por que Fiapo, ao completar trinta anos, no decurso do campeonato nacional, abandonou para sempre o futebol. Um bafafá danado na imprensa da época. Debates quase filosóficos nas mesas-redondas de domingo à noite. Comentaristas defendendo o clube, o cumprimento do contrato à força, de modo que "o precedente não se tornasse uma regra".

— Hoje sou mais feliz — Fiapo concluiu.

Quis saber o que ele entendia por felicidade.

— A vida comum — respondeu —, no anonimato, livre de compromissos, de concentração, viagens, hotéis, público e, principalmente, tevê...

Rimos, todos, o câmera chegou a tremer; e a produtora disse, exultante:

— Muito bom! Muito bom!

Sim, claro, bem de acordo com o espírito do programa, que pretendia ser o mais verdadeiro possível: frouxo, ousado, sem atavios e com um baixo nível de controle.

Quando voltamos à polêmica do seu abandono, ele me interrompeu e disse:

— O clube foi ou não foi campeão? Então! Não fiz falta!

Nas perguntas de praxe, ele foi ainda mais lacônico e fleumático. Parecia orientado por um estoicismo de acadêmico, surpreendente num ídolo do esporte, sobretudo do futebol.

— Um momento inesquecível? Não, nenhum no futebol, que, a rigor, é um esporte de canalhas, com traições, falcatruas, velhacarias, roubos.

— Nenhum, portanto? — insisti.

— O nascimento de minha filha — respondeu, de forma seca, liberto de qualquer emoção. E depois de uma pausa acrescentou:

— E, claro, a morte de minha esposa, oito anos mais tarde.

Ficamos quietos, constrangidos, estupefatos.

— A morte de sua esposa? — gaguejei.

— É, não consigo esquecer isso. Mais de quinze anos se passaram e lembro cada segundo daquele dia: o que fiz, o que li, o que pensei e, por fim, a notícia de sua morte... Inesquecível, portanto, já que não consigo esquecer.

(Esta última frase, com duas conjunções associadas, foi tomada como exemplo por um gramático, no seu famoso programa que não ensinava nada, mas tirava muitas dúvidas.)

— E o gol inesquecível?

Sua resposta foi breve e áspera:

— Nenhum.

Mas logo em seguida se corrigiu:

— Talvez aquele de mão.

Perguntei por que motivo ele escolhera exatamente aquele gol tão polêmico, que rendera muita discussão na imprensa esportiva e nos bastidores do futebol, inclusive com a punição do juiz e do bandeirinha.

— Porque, embora irregular, foi validado, o que prova que no futebol tudo é possível. E eu confessei que a bola batera em minha mão... Mesmo assim o juiz confirmou o gol.

A questão seguinte, tradicional no programa, dizia respeito à vida que Fiapo levava agora, mais de vinte anos depois de largar o futebol. Para o nosso espanto, ele disparou a falar, mas, como disse no início, sem atropelo, em tom limpo, dicção precisa, sintaxe enxuta. Acabara de escrever um livro de memórias. Dividido em três partes: 1) *A verdadeira vida* (representando a infância, expressão que ele retirou de uma citação de André Breton); 2) *Boladaria inútil* (o período do futebol, com todas as suas mazelas) e, por fim, 3) *A vida recuperada* (seu momento atual, marcado pelos estudos, pelo amor à filha e pela lembrança da esposa morta). O título da obra, que se encontrava no prelo (São Paulo, Hemus, 1993), era *A vida de Fiapo, o amargo, por ele próprio.*

Não aceitou nos adiantar muita coisa do livro; quase nada, na verdade. Limitou-se a falar das dificuldades que enfrentou ao escrevê-lo. Praticamente foi obrigado a reaprender a ler e escrever, o que acabou por acentuar o seu rancor pelo futebol.

O garçom lixava as unhas, e o proprietário do bar passava as páginas do seu jornal, ambos alheios à entrevista, que chegava ao seu trecho final. Lá fora, um ônibus escolar parou e despejou no estacionamento um grupo barulhento de vinte a trinta adolescentes. Dois times inteiros de vôlei, masculino e feminino, que voltavam de uma competição qualquer. Antes que entrassem, fiz mais duas perguntas a Fiapo, que as respondeu consultando o relógio, impaciente. Não, ele não quis jogar no exterior porque dinheiro não é tudo na vida. E, além do mais, era muito jovem na época, teve medo, muito medo, um medo horroroso: do clima, do idioma, das pessoas, tão estranhos a ele! Quanto à seleção brasileira, não poderia mesmo ser titular, jogar com frequência. Havia grandes laterais-esquerdos naquela década. Daí porque pediu para não ser convocado nunca mais, uma reação inédita então e que, mais tarde, alguns jogadores, por simples pose, começaram a imitar, voltando atrás depois de algum tempo de impasse e sempre diante das câmeras.

Os jovens tinham acabado de entrar no bar e passaram por nós, rumo às mesas do fundo. Dois ou três nos olharam com curiosidade, uma expressão de fascínio. Depois que Fiapo saiu, fui aos garotos e os entrevistei. Perguntei se conheciam Fiapo, o amargo. Só um se lembrava dele, de ter ouvido falar. Perguntei o que ele ouvira, e ele então respondeu que seu tio sempre se referia a Fiapo como um jogador idiota, que se achava mais inteligente que Pelé... E que o máximo que fizera no futebol fora um polêmico gol de mão, validado pelo juiz.

QUINTETO MÁGICO

— Sabe o Dêner? Queremos algo como o que aconteceu com ele... — disse o homem de óculos grossos e que se dizia empresário. Um sujeito a quem os pais entregavam seus filhos — alguns já craques, outros só aprendizes — para que ele os comercializasse pelo mundo.

A lanchonete, à beira-mar, não estava vazia. Com boa parte das mesas tomada, os garçons num vaivém constante, o local era só barulho e movimento, cores e cheiros. E de quando em quando emergia, numa das mesas, uma gritaria, uma matraca de risos ensurdecedores que abafava qualquer conversa. O encontro não se dava ali por força do acaso. Escolhido com muito cuidado, o local era perfeito para quem não quisesse se fazer notar. Mesmo assim, os três homens sentaram numa das mesas mais reservadas, ao fundo.

Pio Gatilho não disse nada. Tentava lembrar-se do Dêner. Portuguesa de Desportos, depois Vasco e uma saraivada de dribles. Um jogador muito bom, bem acima da média e que morreu tragicamente num acidente de automóvel. Mas aquilo não era um trabalho para um sicário como ele. Acidente de automóvel? Não, mais cedo ou mais tarde se descobre que foi armação. Ninguém arma, impunemente, um acidente de automóvel, não um acidente perfeito. Nem mesmo no cinema. Aliás, o cinema estava aí para comprovar isso. Nenhum desfecho favorável aos criminosos.

— O que você quer? — o atacante disse, sem afastar os olhos da pista. Embora preferisse se manter calado, e não raro agisse por conta própria, de acordo com os seus sentimentos, o que o isentava de explicações, Pio Gatilho decidiu falar. E contou, sem nenhum prelúdio, que fora contratado para matá-lo. A reação do rapaz, muito jovem, foi sorrir. E depois balançar a cabeça, como se não acreditasse. Mas havia um revólver encostado em sua barriga...

— Sabe, um trabalho assim tem tudo pra dar errado. Melhor forjar um assalto, matar o sujeito e abandonar com carro e tudo. Prefiro assim.

— Não, não prefere — disse o segundo homem, que era só bigode, negro e espesso, e que suava, o lenço a todo instante sobre a testa, enxugando-a, e no pescoço, inerte. — A gente paga, e você faz como a gente quer. Ok?

Pio Gatilho ia dizer que não era bem assim, ele matava, mas tinha de ser do seu jeito, de modo que ele próprio jamais fosse descoberto. Mas preferiu olhar o recinto, ainda mais cheio agora, pois dois carros abarrotados tinham acabado de estacionar, e uma multidão

faminta entrara, ao mesmo tempo que ele procurava o garçom para lhe pedir outra lata de água tônica — mais gelada, de preferência: se não estivesse tão gelada, que lhe trouxesse gelo...
— E limão — acrescentou.

— Por quê? — o rapaz disse, ainda bem calmo.
— Um presidente de clube, rival do seu, e um empresário calhorda — o adjetivo saiu sem que ele se desse conta de qualquer intenção — querem o campeonato e também fazer uma transação, ocupar o seu lugar com outro suposto craque.
— Não! Não acredito!

— Disseram que você era o melhor — gemeu com um sorriso sem graça o homem de óculos. Pio em silêncio, esperando a tônica, o limão, o gelo, e olhando as pessoas em volta, a se afundar no calor opressivo, de fundição; e se lembrou de um sujeito que lidava com metais e que ele matou, por nada, nem um centavo em troca, só porque o panaca molestara uma garotinha do seu bairro. Fora buscá-lo diante de um forno, numa noite de trabalho intenso. Fácil, fácil: foi só enfiar sua cabeça e deixá-la fritar.

Meteu a mão no bolso da jaqueta. Extraiu qualquer coisa, um retângulo negro que, à exígua luz no interior do carro, mal se conseguia enxergar. Apertou um botão. Som rascante e contínuo. Outro botão: vozes. A dele e a do craque. A conversa de ambos, há pouco.
— E ainda tenho a fita com a conversa mole dos caras que me contrataram — disse. — Deixo você vivo, mas você vai ter que ferrar com eles... Se não ferrar, eu ferro, com eles e com você. Com os três.
— Você quer que eu denuncie... — o rapaz balbuciou.
— Chame como quiser.

Veio a tônica, com limão e gelo. Ele primeiro bebericou, depois deu um longo trago, esvaziando o copo, que encheu de novo e deixou ferver.

— Certo, mas dessa forma o preço é o dobro — disse, olhando desafiadoramente para os dois homens, e sem disfarçar certo ar de fastio. E se levantou, jogando um envelope sobre a mesa: — Deixem o dinheiro neste local, acompanhado de um dossiê com a rotina do idiota, da manhã à noite: treinos, horários, locais que frequenta, essas coisas...

Depois, bebeu todo o conteúdo do copo, deixou uma pedra de gelo escorregar sobre a língua e saiu.

— Não posso — o craque disse.
— Então você vai morrer...

O carro chegara a uma colina. Lá embaixo, avistava-se a cidade, com seus prédios altos e alguns oásis de verde. Além, muito além, via-se a fita prateada do mar, e acima a lua, imponente sobre tudo, mas inconsciente de tudo, de cada conflito, cada afago ou gemido por trás de todas aquelas janelas acesas.

O homem de bigode se levantou de um pulo, mas foi detido pelo companheiro, que lhe segurou firmemente o braço. Ele sabia da fama do Gatilho. Tanto da fama quanto do talento. Pavio curto, tendência ao desprezo e, para o espanto de todos, recusa de qualquer trabalho, se o mesmo não lhe agradasse, apesar do volume de dinheiro.

— Não! — o craque disse e parou o carro. Estavam agora quase à beira-mar. A praia era uma faixa branca de areia e espuma. Pio Gatilho saltou, deixando as duas fitas cassetes sobre a poltrona. Esquivou-se de um carro e atravessou a rua. Entrou num bar. O veículo continuava parado, com o craque ao volante, uma expressão perdida no semblante jovem. Da mesa, o olhar a cortar o vidro embaçado, Pio Gatilho se pôs a observá-lo. Sua água tônica chegara, com limão e gelo, mais da metade do conteúdo já se fora, e o atacante, um grande jogador sem dúvida, ainda permanecia lá, curvado sobre o volante. No instante em que desviou os olhos para pedir à garçonete outra bebida, ouviu o tiro. Voltou-se e viu que um rapaz negro escapava, depois de, frustrado o assalto, atirar no motorista. Correu, foi até o carro, seguido pelas pessoas do bar e por alguns transeuntes.

— É o Santo! — alguém disse, olhando o corpo imóvel.
— O jogador?
— Ele mesmo! Ele mesmo!
— Ferraram ele — riu de leve um torcedor adversário.

ZAGUEIRO

Ele parou em frente ao bar — uma figura alta e atlética —, tragou pela última vez o cigarro e o jogou fora. Depois empurrou a porta de vaivém e entrou. O recinto estava escuro e cheio, massa de vozes em entrechoque, um forte odor de suor e noite. Sem cumprimentar nenhum dos garçons que o abordaram, sem nem mesmo lhes sorrir, quase emburrado, subiu ao mezanino, que também fervilhava numa atmosfera ainda mais densa e sufocante, e só lhe restou descer e se refugiar no balcão, junto a três ou quatro homens solitários. "220 dias", pensou e pediu uma bebida. Foi reconhecido imediatamente, tanto pelo *barman* quanto pelas moscas à sua volta.

— Você é o zagueiro que...
—... quebrou a perna do Folha.

Ele pegou o copo posto à sua frente e sorveu um espesso trago. Estava acostumado àquele tipo de provocação, aonde quer que fosse e reconhecido fosse. Da pena, já cumprira um terço, mas havia gente que ainda o censurava. Idiotas! Quem não teria feito igual? A gravidade era que o osso se partira. Sempre assustava uma perna quebrada em duas. Ele chegou a crer que o puniram por causa da perna, e não da suposta agressão. Talvez, sem aquela (como um bastão partido) esta nem existisse. O cartão vermelho apenas, mais cedo no chuveiro e ponto, assunto encerrado. Ausente do time por um jogo, automaticamente, e por mais outro, três no máximo. Mas a perna do Folha era uma folha seca e então... CREC!

— É ele sim! — disse outra mosca, à esquerda do zagueiro.

"Sou", pensou em dizer, mas ficou em silêncio. Era um covarde. Agora percebia. Um covarde. Não, exagero. Não era. Se fosse, não estaria ali.

O Gol esquecido

— Aquilo não é futebol! — decretou a primeira mosca que o reconheceu, com fúria.

— Não, não é — outra ajuntou.

E era o quê? O que entendiam de futebol os que apenas observavam e aplaudiam ou vaiavam? O tanto que Folha ficou na geladeira ele já estava sob pena, quase sem treinar, desanimado, engordando... Além do mais, ele quisera quebrar a perna do outro, voluntariamente? Não. Acaso. Entrou forte, e então: CREC! Ele próprio parou e se voltou, assustado. Curvou-se sobre o adversário caído, mas foi empurrado, várias vezes empurrado, até chegaram a lhe dar um soco. Em meio a tudo isso, o cartão vermelho. Depois a imprensa pisando, o tribunal assentindo, seu advogado cagando: 220 dias!

Da última vez que passara pelo departamento médico, por ter se machucado num treino com o time júnior, o doutor dissera que ele estava bebendo, fumando! E como não fazer isso, sozinho, sem jogar, espezinhado aonde quer que fosse...? Tendo de se explicar, de justificar seu ato, de admitir que era truculento, que não suportava nenhum jogador talentoso, nem mesmo do seu time... Sim, era isso que forçavam que ele dissesse, mais cedo ou mais tarde. Como se existisse alguma verdade, na vida e em qualquer coisa. Mas tanto fazia afirmar ou negar, pois por dentro ele não mudava. Era só casca de um momento.

Pediu outra bebida e também o cardápio. Com a leitura dos pratos, tentou esquecer que o provocavam, aqueles três miseráveis. Não conseguiu, pois um deles disse:

— É fácil calar, ficar mudo; ser covarde e depois ficar mudo.

O zagueiro fechou o cardápio e olhou à sua direita a boca que o ofendia. Dentes, barba, bigode. Um rosto vincado de histórias. O olhar afiado, de desejo. A expressão de mofa, de animal que despreza a presa. Cabelos revoltos, de louco. Não, não valia a pena dizer nada. Seria uma humilhação inútil se retrucasse. No entanto, os outros dois também atacaram, como se chegassem tabelando, e afunilando, agressivos, gol em vista:

— Deveria ser banido do futebol!

— Isso mesmo! Banido e fodido!

Ok, ele se levantou. Esvaziou o copo e o largou sobre o balcão, junto ao cardápio. Enfiou a mão no bolso e extraiu um maço de cédulas. Reuniu três de cem, chamou o *barman* e lhe passou o dinheiro:

— Cobre aí minha parte, a dos três *atacantes* também e fique com o resto.

Depois deu a volta, foi saindo. Não ouviu às suas costas nem insulto nem agradecimento. Não ouviu nada. Mesmo o burburinho da sala, por um instante, se deteve — e ele ficou surpreso em descobrir que não apenas o balcão se envolvera na história: todas as pessoas, de algum modo, o queriam fora dali e agora estavam felizes, silenciosamente felizes.

Antes que transpusesse a porta, percebeu que alguém vinha em sua direção, para apanhá-lo pelas costas, mas enviesado, em diagonal, pela direita — como Ghighia! (o tempo inativo ao menos lhe servira para mergulhar na História) —, de modo que apenas levantou o cotovelo, atingindo seu oponente bem na massa do rosto, na junção de nariz e dentes.

Saiu sem se importar com o que fez, sem esperar apupos nem cartão vermelho, sem sequer cogitar que outros corajosos talvez viessem sobre ele. Quem teria sido? Dos três, qual se arriscara? Ou fora um outro qualquer, saído de alguma daquelas mesas cheias de hipocrisia e escárnio? Logo era só um vulto — longe. Era a vantagem da noite: fazia-se qualquer coisa e nem mesmo se corria; a própria noite se encarregava de esconder quem chegava mais forte.

Seguiu na escuridão, acompanhado por um vento frio que aos poucos foi ficando fluido e solidário. Tentava esquecer o episódio do restaurante, mas era impossível. O rosto do outro ainda estava agarrado ao seu cotovelo. A impressão ficara — uma espécie de peso, de contato persistente. Nunca sentira isso, nem mesmo em campo. E quantas vezes pisara em alguém! E quantos não esmurrara, forjando um contato ao acaso! Era mestre nisso, mas enfim fora descoberto. Por uma perna!

Tinha fome e, minutos depois, parou numa barraca de cachorro-quente. Pediu um bem grande, caprichado, do tipo que comia em sua cidade, na companhia de um amigo, à saída do cinema. E então sonhavam, os dois, enquanto mastigavam, sentados ao meio-fio da rua ou num banco da praça. O amigo também queria ser jogador de futebol, mas não conseguiu. Um atacante precisava muito mais da sorte que um zagueiro. Precisava de chances.

O rapazinho lhe passou o cachorro-quente e uma lata de cerveja. Ele se afastou sem esperar o troco. Foi andando e comendo, sorvendo com sofreguidão a bebida refrescante. Às suas costas, o rapaz gritou:

— Você não é... aquele zagueiro que...?
— Sou! — ele respondeu, sem se voltar, uma expressão indiferente, quase de desdém.

Mas o rapaz, alegre:
— Sabe que eu gostei do que você fez?!
Saciado.

TÉCNICO PREOCUPADO

De volta ao lar, depois do treino da tarde, ele não tinha sequer um esboço da escalação do time. Os problemas eram muitos: dois casos de contusão, dois de indisciplina (que ele preferiu minorar, fazendo vista grossa), o insolúvel desequilíbrio da defesa, que apagava em determinadas circunstâncias da partida, e a crônica inaptidão do ataque, incapaz de uma regularidade em jogos fora de casa.

A viagem estava marcada para o dia seguinte, pela manhã. Enquanto fazia a mala (um mínimo de roupa possível), pensava na escalação e também no casamento de sua filha, em breve, com um ator. Fez de tudo para que ela não saísse do âmbito de suas atividades esportivas, mas a garota, ainda que não odiasse o futebol, procurou novos ares e outro partido. O motivo? Fácil, fácil: filha de técnico, que por onze meses não para em casa, não pode mesmo casar com jogador, que por igual período também não para em casa. Era preferível qualquer outra profissão. Até admitia que ela conhecesse o ator e se apaixonasse durante um fim de semana inteiro ou um mês, coisa natural, mas casar já era exagero. E, além do mais, quantos atores não são homens de fato senão diante das câmeras? Se sua filha queria brilho e aventura, certamente os teria em quantidade suficiente ao lado daquele traste, só por acompanhá-lo. Muitas seriam as festas, as reuniões noturnas, as viagens. Contudo, um aviso: cor em demasia, movimento em excesso acabam por levar ao tédio, à vontade de variação, a noites em que se pede sono apenas, ou abandono. Viu disso em muito filme. Esse era o seu temor: que ela se ligasse permanentemente a um sonho ou desejo logo satisfeitos, no curto tempo de um returno, quando o líder do certame, cinco ou seis pontos à frente, não chega a ser alcançado, e os condenados ao rebaixamento não conseguem escapar.

A mala só não estava pronta porque não arrumara ainda os objetos de higiene pessoal. Então, foi ao banheiro e começou a catá-los, aqui e ali: desodorante, escova de dentes, xampu, pente, sabonete, barbeador elétrico. Quando voltou com tudo isso nas mãos, ouviu a porta da frente se abrir e em seguida as vozes da esposa e da filha, que voltavam das compras, com mais qualquer coisa para o casamento. Riam satisfeitas, felizes, a confirmar o que muitos estudiosos diziam: que ir às compras constitui um ato de momentânea cura.

A esposa, uma loura de quarenta e poucos anos, alta e esguia, entrou no quarto, largou os pacotes sobre a cama e o beijou. A filha não apareceu, como se temesse, da parte do pai, conforme passavam os dias e o casamento se aproximava, qualquer reação jamais entrevista. E com razão: o crescente receio de que ela estivesse dando um passo em falso era visível no semblante paterno, e ainda mais esta noite... Mesmo assim, no dia seguinte, à hora de partir, ele iria ao seu quarto e a beijaria. Aferrada ao sono, ela não abriria os olhos, e talvez nem sentisse sua presença, tão entregue a algum sonho com o noivo.

Ora, nem noivos ficaram! Passavam direto da condição de namorados à de esposos. E ele bem sabia o quanto aquela transição de alguns meses ou anos era importante. Fora assim com quase todos os casais que conhecia, amigos e parentes. Era uma pena que, em meio a tantos valores antigos sendo resgatados, exatamente este se perdesse...

Adormeceu tão logo saiu de cima da esposa, num dos piores desempenhos sexuais de sua história, e a reconhecer o quanto ainda se mantinha preso a convenções do tempo de seus avós. Não era por outro motivo que seu time ia tão mal, sempre na parte intermediária da tabela, jamais ganhando dois jogos seguidos e a acumular mais empates que triunfos... Sentia-se ultrapassado.

O tempo no Sul os recebeu frio e chuvoso. O único treino que fariam, à tardinha, em solo adversário, teve de ser cancelado. Decidiu então por uma conversa com os jogadores e, ao fim da mesma, exibir alguns filmes com lances do poderoso ataque que teriam pela frente. Derrota na certa! A não ser que ocorresse um desses frequentes milagres que beneficiam o futebol, em detrimento dos outros esportes. Ao término da sessão, o capitão do time veio lhe dizer que os dois indisciplinados gostariam de conversar. Conversar, depois de tudo! Provavelmente, achavam que ficariam no banco e, assim, tentavam uma cartada final. Era uma das vantagens de se esconder a escalação: os jogadores se alimentavam de maus pensamentos e possíveis culpas. Bom! Aceitou a conversa, mas frisou que ele próprio os procuraria mais tarde, depois do jantar.

A ideia (que ele muito depois julgaria um disparate) lhe ocorreu durante a leitura da coluna social do jornal, no saguão do hotel, quando todos os jogadores, em duplas, já estavam em seus quartos. Ao mesmo tempo que lia, pensava nos dois titulares indisciplinados, que precisavam de uma punição, e também na filha, prestes a se casar com um janota. E de pronto, num só pensamento, resolveu os dois problemas:

Magno, que era reincidente, ele deixaria de fora, sem conversa; quanto a César, este iria a campo, contanto que, em troca, resgatasse sua filha dos braços do ator. Mas seria possível? Sim, claro, por que não? Elisa, certa vez, demonstrara interesse por ele, num comentário espirituoso e casual:

— César é bonito, com ele eu até namorava.

Foi durante uma comemoração no clube, dois anos antes, por ocasião do aniversário de um título nacional, os jogadores presentes com suas famílias, mas alguns sozinhos, livres. Estava decidido: César ficaria no time, neste jogo e nos demais, mesmo que errasse: bastaria que se resolvesse com Elisa.

— Mas tenho namorada! — César retrucou, a sós com o técnico, que subira com a proposta e expulsara seu companheiro de quarto, de modo a afastar qualquer testemunha.

— Era isso que eu tinha a dizer — acrescentou ainda, sem dar muita importância ao apelo do rapaz. — Termine com sua garota e engate com Elisa. Ela gosta de você. — E se levantou da poltrona, foi em direção à porta. Com a mão na maçaneta, ar de autoridade, voltou-se e concluiu: — E muito cuidado com o jogo de amanhã, apesar de sua condição vitalícia, que — é bom esclarecermos — já entrou em vigor...

Foi talvez a pior partida de um zagueiro em toda a história do campeonato nacional. Ele simplesmente marcou um gol contra, cometeu um pênalti (convertido pelo adversário) e ainda se deixou ultrapassar em duas oportunidades pelo mesmo atacante, o que resultou em dois belos gols.

Já divorciada duas vezes, Elisa jamais soube daquele frustrado acerto de bastidores.

BARRADO

Arraia era um alto, robusto e imponente zagueiro do Madureira. Por lá mesmo começou, mas não acabou. Deu azar. Num domingo, fez um gol contra a favor do Flamengo: 2 x 1 pro time da Gávea. No seguinte, outro, a favor do Fluminense: 1 x 0. Ficou maldito, mal-afamado e, por fim, foi barrado, num ano em que, com Vasco e Botafogo em crise, América e Bangu apenas regulares, o tricolor suburbano até que poderia levantar o caneco estadual.

O time era muito bom, a começar pelo goleiro, cujo nome, não obstante provocasse certa estranheza quando apresentado, resumia, como um símbolo, a excelência de todos os demais jogadores: Pérola. É, Pérola. Pérola pegava tudo, menos gol contra...

Arraia foi o único jogador do futebol profissional que nossa família conheceu. Sua segunda paixão era a sueca. Quando foi barrado — e sem ele o Madureira acabou fora do quadrangular final — , Arraia voltou para casa e a única coisa que se dispôs a fazer, durante todo o tempo que permaneceu conosco, foi jogar sueca. À noite, lá em casa; durante o dia, na oficina. O pai lá dentro trabalhando com os outros mecânicos, e Arraia na calçada, sentado num caixote, ao lado de antigos companheiros, jogando, jogando, jogando. Mais nada.

Não havia ninguém na rodoviária para recebê-lo, exceto meu pai, comigo e meu irmão, que, mal o trem parou, disse, sarcástico, que o grande craque viajava incógnito...

— De vergonha.

O pai mandou que ele se calasse, mas Fausto continuou rindo, provocando. E me deu um tapa na cabeça quando me adiantei para receber o zagueiro. Arraia desceu, mochila às costas. Pelo tamanho, dele e da mochila, soubemos que não iria voltar, que sua barração era irremediável, definitiva. Parecia encolhido, talvez até mesmo menor, e tudo o que possuía na vida pesava em suas costas. Cumprimentou a mim e a meu irmão, abraçou meu pai. Durante todo o trajeto, no carro, não disse uma palavra. Acho que temia a cidade, a nós todos, a vida. E naquela noite, a sós com meu pai na varanda, continuou em silêncio. Em que pensava? Nos dois gols?

Naqueles dois instantes que jamais acabavam de passar em seus olhos? Ou apenas remoía a dor de ter sido injustiçado?

No dia seguinte, desceu com meu pai para a oficina. Digo desceu, porque a oficina ficava em nossa rua, ao pé da ladeira, a cem metros de nossa casa, encravada — esta — bem no alto. Da varanda, avistávamos os carros entrando e saindo, o movimento todo, de gente e rodas. E era dali que, ao meio-dia em ponto, minha mãe acenava, chamando a turma para o almoço. Lá embaixo, ao consultar o relógio, o pai chegava à calçada e olhava, já limpando as mãos e dizendo para os mecânicos: — Fechem tudo, vamos! — Arraia conhecia bem esta cena, tantas vezes repetida quanto o sol sobre o mundo. Ele também trabalhara com meu pai, dos quinze aos dezessete anos, quando então foi jogar no juvenil do Madureira e meses depois no profissional. Sua história conosco era curiosa. Não tinha pais e aparecera em nossa porta, com as roupas aos trapos e um ar embotado de campesino bronco, recomendado por uma antiga — e hoje falecida — empregada de minha mãe. Vinha para compor o quadro de mecânicos da oficina, mesmo sem conseguir diferenciar um radiador de uma calota. Teve que aprender até o que era porca e o que era arruela. Mas no dia 31 de dezembro, véspera do célebre jogo entre casados e solteiros do bairro, alguém o escalou na zaga (seu nome rabiscado num ensebado pedaço de papel de embrulho), e os solteiros ganharam, a primeira vitória em três anos. E, assim, ele ficou na oficina e, claro, no nosso time, que disputava o torneio municipal de futebol amador. No ano seguinte, um olheiro da capital o levou, ao Bangu inicialmente e depois ao Madureira.

Com uma semana que Arraia chegara, seu empresário apareceu. Eu disse que Arraia era robusto, forte como um touro, e ele ergueu o *mascate* acima dos ombros e o atirou, sem pena, na calçada. Em silêncio, fatigado de tudo o que lhe tinham feito, mas sobretudo indignado com a proposta: transferir-se para o Flamengo... Horas mais tarde, o gravatinha voltou com dois brutamontes, que em segundos também estavam no chão, fora de combate. Meu pai subiu da oficina para averiguar o ocorrido, a juntar gente em nossa porta, e lhe disse que, se ele continuasse agindo daquela forma, acabaria preso:

— Ou você cumpre seu contrato e volta a treinar ou aceita se transferir...

Mas era óbvio que, mesmo em silêncio, Arraia estava dizendo:
— Não para o Flamengo, não para o Flamengo!

Ele ficou mais algumas semanas conosco, enquanto o campeonato prosseguia. Ouvimos pelo rádio o Flu bater o Bangu, depois o América, empatar com o Fla e ficar com o título. Um ano ruim, que não revelou ninguém de valor incontestável. Para se ter uma ideia da decadência, o artilheiro do certame, em vinte partidas, não fizera mais que oito gols.

No fim do ano, escalamos Arraia entre os solteiros. Fiquei no banco de reservas, mas Fausto entrou de cara. No time dos casados, o pai, a cargo da lateral direita, sofria com as investidas do Rafinha... (Era ainda o saudoso tempo dos ponteiros!) Fausto fez um gol logo no início, aproveitando exatamente um cruzamento da esquerda, e, quando Arraia fechou o caixão, no segundo tempo, chegando de cabeça ao clássico 2 x 0 dos solteiros sobre os casados, ele nem ao menos o cumprimentou, apesar de se achar na área, ao seu lado, no momento do gol. Fiquei no meio do campo (tinha acabado de entrar) olhando aquele instante ao mesmo tempo de alegria e pavor, sonho e decepção...

Em fevereiro, pouco antes do Carnaval, Arraia aceitou se transferir para o América de Minas, um clube aguerrido, mas imprensado entre duas potências, e nunca mais voltou a nos visitar.

Eu ficava sabendo dos resultados pelo rádio ou pelos jornais: quase sempre vitórias sobre Vila Nova e Caldense, derrotas para Cruzeiro e Atlético.

Por mais incrível que pareça, ele jamais voltou a fazer um gol contra, o que inspirou, depois de alguns anos, uma reportagem numa publicação semanal de futebol: *Dois lapsos que mudaram uma vida.** Talvez este momento, com fotos e transcrição aspada de suas falas, tenha sido o apogeu de sua carreira.

Terminou seus dias no modesto Leônico, da Bahia; este mesmo, do célebre escândalo dos 10 x 0, anos atrás. E como por lá ninguém jogava sueca, Arraia se apaixonou pelo sol.

Quanto a Fausto — antes que algum leitor me julgue incapaz de arredondar uma narrativa tão simples —, acrescento que ele continua sarcástico e invejoso, agora entre os casados.

NÃO VÁ AO TREINO

Ele tinha acabado de amarrar as chuteiras e, com a camisa no ombro, saía do vestiário em direção ao campo de treinamento, quando ouviu o telefone soar abafado dentro da mochila. Sem hesitar, voltou, abriu o zíper e pegou o aparelho. Era Rô Borges, seu empresário, que disse:

— Não vá ao treino!

Ele demorou a responder. Um silêncio constrangedor. Um incômodo a cavar o cérebro.

— Não vá ao treino — reiterou o outro.

— Mas já estou aqui... e vestido para treinar...

— Tem mais alguém com você?

— Não, tô sozinho, cheguei atrasado...

— Então troque de roupa e vá pra casa.

E o empresário explicou que, se Quepe fizesse o que ele estava pedindo, obrigaria o clube a lhe aplicar uma suspensão ou a colocar seu passe à venda, e isso invalidaria a cláusula acerca de multa por quebra de contrato:

— Se não for ao treino, você estará livre, e poderemos abrir uma negociação imediata com Real ou Benfica, o que você preferir.

O jogador era uma estátua no recinto vazio, coisa que ele jamais seria, nem por mérito nem por carisma, e ainda mais agora, manipulado por seu empresário, que o conduzia de um lado a outro, conforme as flutuações do momento.

---

* *Cf. Semanário esportivo,* Belo Horizonte, n. 371, p. 38-41, 18 set.1981.

— Espere, não é arriscado?
— Não, claro que não, vá por mim.

Convencido, ou talvez intimidado, Quepe desligou o telefone e começou a trocar de roupa. Já estava de calça e camiseta, quando ouviu o barulho, alguém que investia pelo corredor em direção ao vestiário; imediatamente percebeu que só podia ser o roupeiro Vivinho, que vinha buscá-lo, saber por que ele demorava tanto; não, ninguém o observara entrar; na verdade Vivinho vinha ver se ele tinha chegado, entrado pela outra porta, que leva às quadras de vôlei e basquete...

Antes que o roupeiro o visse, o jogador se escondeu num dos boxes. E lá ficou, quieto, calado, sem nem mesmo respirar.

— Quepe? — o velho roupeiro chamou, duas vezes. Depois voltou ao corredor e disse, para alguém que o esperava lá fora, que o jogador não estava ali:

— Não chegou ainda.

A resposta foi grossa:

— Porra!

— Porra! — também disse Quepe quando deixou o boxe, pegou sua mochila e escapou pela porta dos fundos. Logo atravessava as quadras, que felizmente ainda estavam vazias, o que era estranho, mas ele logo compreendeu que os jogadores, ou as jogadoras, deveriam estar nas salas de musculação ou ainda nos vestiários.

Apressou o passo. Esperava conseguir deixar o clube sem ser visto, mas então, à sua frente, vozes. Um monte, de homens e mulheres. Dois times inteiros e suas comissões técnicas vindo ao seu encontro. Lembrou que a sobrinha do Dr. Dimas, médico do clube, era *oposto* do time juvenil de vôlei. Voltou amedrontado, as palavras de seu empresário martelando aterradoras em sua cabeça:

— Não deixe que ninguém veja você.

— Meu Deus! — suspirou e correu de volta.

No caminho, achou uma porta, abriu-a e entrou. Viu-se numa escuridão pesada, esperando que a multidão (para ele já era uma multidão) passasse. O lugar era apertado e frio. E havia um odor forte, dos produtos que em sua infância via a mãe jogar no chão e depois esfregar com rodo e pano.

Acendeu o mostrador do celular e descobriu que se encontrava numa espécie de depósito de material de limpeza, encolhido, humilhado. E os times que não passavam... Para onde teriam ido? De repente, a porta se abriu, e ele teve que se encolher ainda mais, como um animal que se enrosca em si mesmo, e colar-se à parede, entre latas, baldes, vassouras, rodos, um monte de varas com gancho na ponta. Uma manopla peluda adentrou o armário e procurou, pelo tato, qualquer coisa que ele não conseguiu enxergar, pois estava com a cabeça quase enterrada no peito. Mas logo a mão se foi, e a porta se fechou sem ruído.

Quinze minutos depois, ele ouvia uma série de sons de saques e cortadas, os times de vôlei treinando, e gritos, risadas, momentos de aparente silêncio, que ele atribuiu à concentração das jogadoras a ouvir as orientações e observações do técnico.

Antes que seu telefone o denunciasse, naqueles persistentes silêncios, ele o desligou, indignado com seu empresário, que o jogara naquele sepulcro, como se ele fosse um peso morto. Pensou se não deveria voltar ao treino. Pelo atraso, seria multado, e só. Bem, haveria a bronca do técnico, uma senhora mijada, e talvez, em represália, fosse sacado do time no próximo jogo. Mas, como toda bola passava por ele, e como também fazia muitos gols, talvez, já no segundo tempo, fosse chamado a se aquecer, isso se ficasse no banco: o Cléber mesmo, que era o capitão do time, recentemente chegara atrasado ao treino e nem no banco ficara, e olha que a lateral direita não tinha outro, nenhum reserva à altura! Não, não com ele! Não era à toa que o chamavam de Quepe. Era a alma do time. Precisavam de seus passes, dependiam de sua visão de jogo, sua capacidade de descobrir, do nada, um buraco na defesa, um espaço vazio para passe ou chute.

Olhou o relógio: mais de uma hora desde o início do treino. E ele ali, preso, anulado, como um meia-esquerda sem recursos. E se alguém viesse e trancasse o armário? Entrou em pânico. Era possível. Quem poderia imaginar que houvesse alguém ali dentro? E os times de vôlei continuavam treinando... e depois viriam os de basquete... e os de vôlei de novo, agora masculino... e novamente os de basquete... Não sairia dali nunca. Nem amanhã. Pensou em sua carreira.

No que alcançara até então e no que deixara para trás. Não era mais pobre, nem seus pais eram. Tirara-os de um buraco e enfiara num prédio de luxo, com porteiro, serviço interno de câmeras e três andares de lojas, cinemas e restaurantes. Coisa assim só em Nova Iorque ou Londres... e só para artista de cinema ou piloto de Fórmula 1... também para os homens que já nasceram ricos e dominam o mundo. E onde ele estava agora? Dentro de um armário... como um fugitivo que se esconde para não morrer, pois lá fora o esperavam, com armas em punho e muito ódio nos olhos. Tanto fizera para não ser mais um na favela, e naquele momento todo o esforço lhe parecia inútil: chegava a um ponto que sempre receou e que sempre o perseguiu, como uma sombra.

Não ouvia mais os sons da bola, nenhum ruído. Esperou um momento e afinal abriu a porta, o corredor deserto. Deixou o buraco, arrastando a mochila. Na outra mão, apertava o telefone, que acabara de ligar. Com precaução, temeroso de ser apanhado, venceu o corredor, passou pelas quadras vazias e saiu na área que ligava o centro de treinamento ao prédio principal do clube. Compreendeu que passava do meio-dia e que, onde o sol queimava, violento, ele poderia transitar sem receio, pois não encontraria ninguém.

O telefone começou a tocar, mal ele avistou, no estacionamento quase vazio, seu carro — importado, obviamente — em meio a mais dois ou três. Mesmo de longe notou alguma coisa escrita, com tinta branca e ainda fresca, na lataria vermelha: MERCENÁRIO.

— Alô? — disse.

— Cara, onde cê esteve? Tentei te ligar... Olha, melou... Nem Real, nem Benfica... Vamos ficar por aqui mesmo... Tentei ligar... Era pra você voltar ao treino...

— Ao treino?

— É.

Sem dizer mais nada, Quepe desligou o telefone e o enfiou na mochila. Depois voltou ao armário, em busca daqueles eficientes produtos de limpeza.

Divisões de base

"Nada me ensinou mais na vida do que o fato de ter sido goleiro."

Albert Camus

ADEMIR

Ouverture

— Meio de campo era Ademir — Victor Vhil disse, com veemência.

— Ademir Menezes ou Ademir da Guia? — alguém perto brincou.

— Não, não — Victor esclareceu. — Ademir apenas, lá de Caldeira, Rio de Janeiro. Tinha quinze anos em 1982, ano da Copa. Estava no modesto Campo Grande e disputaria brincando três ou quatro mundiais. Em 86 mesmo, nem haveria para Maradona. Melhor da Copa, o argentino? Melhor só depois de Ademir, que, aliás, era melhor que todo esse nosso meio de campo atual — do Brasil. Junte todo mundo, que não dá meio Ademir. Mas Ademir não fez nada. Não teve tempo. Não deixaram...

— Conta logo essa história, homem! — outro protestou, ao meu lado.

Então Victor se ajeitou na cadeira, bebeu do resto de seu copo — cerveja sem dúvida, que é o que ele bebe — e depois de um pigarro, hábito de quem não larga nem as histórias nem o álcool, começou:

— Ademir passava as tardes jogando futebol. Era habilidoso, ousado, genial, por assim dizer. Ninguém parava Ademir. Respirava futebol todo o tempo. Quando não estava jogando — o que era raro —, comentava em roda, com os amigos, as jogadas alheias, ou mesmo as suas, mas sem vaidade, sem júbilo, por amor.

Andante

Quem o viu jogar, como eu, achava que o garoto era mesmo um gênio e que seguramente seria, em breve, o melhor do país. Sim, sem exagero. Ademir jogava muito, e seus jogos eram acompanhados por uma plateia fiel. A cidade inteira parava para o ver jogar. Seria o melhor do mundo — era o que se dizia, às vezes, nos momentos de maior exaltação.

— Se não mascarar — alguém advertia, com sarcasmo.

— É verdade. Se mascarar, fica por aqui mesmo, pisando em buraco — sentenciava outro, provocando risadas na turma à beira do campo, em mais uma ensolarada tarde de domingo.

Nessa época, o time de Ademir era de rua, pobre, descalço. Havia outros bons jogadores no time. Muitos, aliás. Mas o grande destaque era mesmo Ademir, um craque. Mais tarde, já no Campo Grande, não foi diferente. Ademir continuou a se destacar, e agora mais ainda, pois estava em choque com os grandes clubes. Certa vez, o gol mais bonito da rodada na tevê foi dele, no juvenil — e filmado por acaso. Uma pintura. Passou por seis adversários, venceu o goleiro e mandou para a rede. Numa rodada em que o futebol profissional não extrapolara seu grau burocrático, o gol de Ademir era todo um universo. Como um astrônomo, a ver no céu mais que a simples massa de escuridão e luz, Ademir conferia ao jogo precisão científica e lógica matemática.

Ademir era negro. Feito da dor e do cheiro das senzalas multiplicadas em favelas e bairros erguidos sobre paus finos em alagados fétidos. Atrevido, ria branco dos defeitos dos outros. Dos seus também. Controlava a bola do mesmo modo que alguém movimenta os olhos, sem se dar conta, por um sutil e incompreensível comando que remonta aos primórdios da vida, no borbulhar dos primeiros pântanos. E havia momentos em que a bola e seus olhos, na vastidão verde, assemelhavam-se a um solitário planeta com seus dois satélites. A estranha órbita compunha-se da leitosa parábola rumo ao gol e do percurso de volta, ao meio de campo, por entre corpos adversários batidos e faces cabisbaixas, humilhadas.

— Ninguém para esse cara!

— Admirável Ademir! — teria dito Armando Nogueira, se o visse jogar.

Os clubes grandes não o descobriram antes porque não acreditaram que ele existisse. Quando enfim chegaram, já era noite...

Alegro

Ademir morava perto de uma base militar e, quando não estava jogando, divertia-se com seus amigos em longas excursões pelos arredores. Um dia, um grupo de garotos — sem Ademir, diga-se de passagem, que na hora estava treinando — foi parar diante da cerca de arame da base. E ali ficaram admirando a movimentação dos poderosos aviões, dos impecáveis uniformes, dos quepes e das sempre ameaçadoras armas, mesmo quietas, imóveis. O ócio dos dias os levara até ali. E foi igualmente o ócio que os levou a cometer o crime. Não compreendiam aquele mundo, e talvez por isso mesmo se deixassem seduzir, apanhar.

Durante um descarregamento, os garotos não resistiram, pularam a cerca e roubaram uma caixa de madeira, com uma inscrição secreta na tampa, em outra língua. O acaso conduziu suas mãos. O mesmo acaso que, se quisesse, teria movido seus pés para bem longe daquele campo de temerário pouso. Mas o acaso gira ao acaso, sem vontade.

Scherzo

Da noite para o dia, cinco rapazes pobres, que apenas gostavam de jogar futebol, tornaram-se o único alvo de todas as atenções militares. Não havia mais exercício físico, nem de tiro. Nenhuma cautela. Era necessário aparar, de uma vez por todas, a audácia.

A região inteira foi minuciosamente revistada. E cada campo de várzea teve seu piso erguido pelos gritos do comandante da base. Se não confessassem o crime ou não revelassem os nomes dos criminosos, todos seriam presos. Muitos gols ficaram encerrados para sempre sob aqueles gritos.

No peito do oficial, as medalhas do pomposo uniforme multiplicavam o sol em espelhinhos. E era belo isso, como repentinas joias que misteriosamente surgissem em inocentes mãos abertas. Por outro lado — e muitos tiveram essa impressão —, o oficial parecia um espantalho cravado de minúsculas lâmpadas que, apesar da beleza, coagissem as faces e queimassem as memórias.

— Quero o nome de todos os envolvidos! — o oficial repetia, hostil.

As cabeças baixas fundiam-se ao chão, ocupadas com outras coisas. Com sonhos de fama talvez, no exterior, na Europa.

Adágio

Mas, no dia seguinte, alguém foi à base e acusou Ademir... Soldados invadiram sua casa, espancaram sua mãe e molestaram suas irmãs. Nem mesmo a mais nova, uma criança ainda, escapou à fúria dos uniformes. Reviraram a casa, destroçaram os móveis e afinal, à noite, levaram Ademir...

Tortura: golpes gravitando em torno. Dor. Escuridão. Abismo. Um súbito descortinar: luz. Os últimos fiapos de um sonho. A multidão que não *houve*, a vibração suspensa, parada, como se a uma ordem divina a existência se toldasse.

Futebol. Os que não jogam vibram, e até param por isso. Pararam Ademir.

AS JOGADAS

Quase não me lembro de Armando na ponta esquerda. Talvez só em dois ou três lances, se muito. Um de recuo e outro de área. Mas dizem por aí que ele era um craque, um ótimo driblador. Que fazia a festa — naquele tempo. Mesmo assim, não me lembro de nenhum drible. De recuo, com a ágil perna esquerda, sem dúvida; inclusive para mim, que, com uma saída de corpo, tirei meu marcador e bati. No ângulo.

No ângulo também foi minha relação com sua irmã.

Sem saber ainda que Tina era sua irmã, passei de bicicleta diante de sua casa e a olhei, pronunciadamente. Encontros como aquele se repetiram, sempre com ela a me devolver seus olhos, que caíam de cheio sobre os meus. Uma noite na praça, ela veio chegando. Era verão, e Tina vestia apenas *shorts* e uma blusa curta. Sentou-se ao meu lado. Depois de um instante em silêncio, levantei-me, puxando-a pela mão. Fomos na bicicleta pra debaixo de um poste às escuras (ali não parava lâmpada) e nos beijamos. Com nossas mãos ansiosas, descobrimos um o corpo do outro, redutos, botões que acionavam sentimentos, desejos. Sua maior experiência, visível, me intimidava. E ela nem era assim tão mais velha que eu: quatro anos somente.

Os encontros se renovaram, sempre mais audaciosos. Até que ela me disse que desejava que eu fosse morar com ela. Eu só tinha dezessete anos, fazia o segundo grau e praticamente me contentava em sonhar com as mulheres. Aquela havia sido a minha experiência mais profunda, literalmente. E eu não queria que fosse a última. Mas como dizer não à mulher que pela primeira vez nos levou para a cama?

Combinamos de nos embolar no fim do ano, quando eu terminasse a escola.

Desde então nossa vida se limitou à corrida constante de um para o outro. Eu chegava da escola no meio da tarde e nem passava lá em casa, ia direto para a sua. Tina chegava do trabalho e, quando não me encontrava, sobretudo nas sextas-feiras, ligava para a minha casa. Em geral, era minha mãe quem atendia, insatisfeita. Não queria perder tão cedo pra mulher alguma seu único filho. Minha irmã era mais delicada, mais amistosa, e dizia que eu estava no campo, jogando futebol. E que logo apareceria:

— Ela ligou. Falei que você estava indo.

— Valeu, mana!

Antes, passei na praça pra rever os caras. Tinha uma garota que vinha se engraçando comigo direto e que eu, se não quisesse parecer um mamão, ia ter que arrastar. Era prima da Olívia, que foi minha colega de sala na primeira série. Mas Olívia lhe tinha dito que eu estava com uma "velha", e a garota desde então vinha desviando os olhos. E naquela noite o corpo todo, pois se mandou com o Rildo rumo a um trecho escuro, muito além daquele poste. Que fazer? Fui à velha.

Tina me esperava inquieta:
— Cê demorou... Que houve?
— Nada.

E comecei a tirar sua roupa. Estávamos juntos havia mais de seis meses. O verão se fora, também o outono, e o inverno, menos rigoroso que em anos anteriores, começava a dar espaço à primavera. Logo seria verão de novo, no céu, mais brilhante e vivo, e em todos os corpos.

Como falei no início, não me lembro de Armando driblando na ponta esquerda, mas me lembro de seu corpo confinado a uma cama. E Tina do seu lado ou do meu, chorando.

Quando cheguei à sua casa, numa segunda-feira, só encontrei um bilhete, grudado ao telefone. Dizia que ela estava no hospital, junto ao irmão, que se acidentara naquela madrugada. Então me lembrei de ter ouvido falar que naquela noite mais de dez pessoas haviam sido atropeladas na rodovia por um motorista bêbado, quando voltavam de um baile caminhando pelo acostamento. E, para a minha surpresa, Armando estava no meio. Ele, que era ponta-esquerda.

Fui também ao hospital. Toda a família de Tina estava lá, aos prantos. A cirurgia de Armando já consumira nove horas de suas vidas. Desci com Tina para a lanchonete. Ela se transformara. Perdera a jovialidade, tornara-se quase mãe, o rosto sério, sincero, preocupado. Eu não sabia, mas dali por diante só nos encontraríamos no hospital. Tina praticamente não voltou mais para casa. Durante três meses, velou a saúde do irmão.

Comecei a sair com Cláudia, a prima de Olívia. Íamos à praça, ao parque, às vezes ao campo de futebol, no auge das noites, a escuridão a nos envolver como um lençol. As histórias de sua vida pareciam inventadas e me divertiam. Quando cansava de falar, me perguntava sobre a minha "namorada mais velha". Não me sentia à vontade de lhe falar a respeito de Tina, então desviava do assunto ou forjava uma mentira qualquer, que a assombrava. Passadas algumas semanas, ela voltou para casa, num distante bairro do Rio. Não fui visitá-la como prometi. Ela me escreveu algumas vezes, mas sempre fui preguiçoso com as palavras e jamais lhe mandei uma resposta. Deixei pra lá, como sempre deixava tudo: a escola, a vida, a família.

Nesse ínterim, minha mãe descobriu que meu pai tinha uma mulher na rua, e o céu baixou lá em casa. Um inferno. Sobretudo minha irmã sentiu o baque. Surpreendi-a no poste, de costas para um cara, saia erguida, calcinha arriada, e o sujeito se mexendo, doido, frenético. Passei reto sem que ela me visse, nem ele, e inocentemente intrigado por descobrir que minha irmã também era capaz de fazer *aquilo*... Ora, mas todas as garotas são potencialmente irmãs. Se não minhas, de alguém.

Cláudia voltou durante o Natal e o Ano-Novo. Mas eu já estava com outra garota e ao mesmo tempo ia ver, de vez em quando, Tina no hospital. A situação agora era a de criar coragem para dizer a seu irmão que ele nunca mais ia andar, que estava reduzido quase a uma planta.

Numa noite, pouco antes do fim do ano, ela me arrastou para o estacionamento do hospital e transamos dentro do carro de seu pai. Foi a última vez. No início de janeiro, Armando morreu. Vi de novo Cláudia em companhia de Rildo, muito além do poste, numa escuridão de se perder a vida. E também minha irmã, que era agora uma das prediletas dos meus amigos...

Era época de férias, mas eu sabia que no fim do verão, ou mesmo antes, ia ter que arranjar um emprego. De fato, em abril me vi dentro de um trem, de manhã bem cedo, indo ao trabalho pela primeira vez.

Dias mais tarde, descobri por acaso Tina sentada no banco à minha frente, o rosto mergulhado numa revista, que balançava ao ritmo da viagem. Três metros de corpos e pernas nos separavam. Ou ela não me viu ou fingiu não me ver ou tão somente me ignorou. Esta última opção é a mais provável, afinal de contas era para mim que Armando armava as jogadas.

ESCADAS

Havia no centro do bairro um imenso campo de futebol. Sonho de todos os rapazes desde garotos e margem à qual se dirigiam as garotas quando queriam transar, ainda que nem um grupo nem outro pretendesse o profissionalismo.

Era ali que eles se encontravam, todas as noites, naquele verão. Um mar de estrelas a evoluir sobre suas cabeças.

Os dois caras eram amigos, e a garota, prima de um deles. Ainda estudavam, mas estavam de férias, embora achassem, de alguns meses pra cá, que estudar não valesse mais a pena. Deitados na grama, pernas e braços abertos, olhavam o céu e sonhavam. Nos dois últimos dias, tinham trazido um rádio, mas, nesta noite, por algum motivo, Delma o desligara. Os dois amigos não reclamaram, acostumaram-se ao silêncio e voltaram a olhar o céu.

Milo, o primo, pensava que talvez Delma houvesse se lembrado de alguém, algum antigo namorado, ao ouvir a música. Mas qual? Foram tantos, pois desde os doze anos ela se agarrava com alguém. Mesmo ele, na escada de sua casa, dera-lhe um aperto certa vez. E houve aquela outra ocasião, na festa no prédio de Iva, quando a seguiu pela escada, e a cada andar, por três ou quatro minutos, ela se colava a um cara.

Ele ainda sente nos lábios o gosto de sua boca, ainda o tem na memória, embora tanto tempo já passado. Tanto tempo... Quis um dia lhe dizer — e até foi à sua casa —, que era duro demais aquilo, aquele hábito de se agarrar com qualquer um. Mas, ao vê-la, de blusa e *shortinho* caseiros, pernas e braços à mostra, desistiu. E também ficou a sonhar com as escadas... Agora estão ali, como nos últimos cinco dias deste verão, que apenas começou.

Valdo, mais conhecido como Neguinho, não parece cortejá-la, mas Milo sabe que, a exemplo de todos os outros, ele a quer, a deseja. Ele também pretende alcançar as escadas...

Passado um tempo, Delma volta a ligar o rádio. Uma canção suave evola-se entre eles. A voz, feminina, é quase seda, saudade, ausência. O próprio Milo pende num balanço, a se sentir amputado de alguma coisa, indefinível. Delma começa a se referir às estrelas e a exaltar aquele momento como se de fato fosse muito especial. Talvez fosse, no entanto, ao se reconhecer isso, deixa de ser. É como quando se supõe um acontecimento mais para afastá-lo que vivê-lo. É como a sorte, que, ao ser cogitada, corre, escapa.

Valdo não disse nada, nem Milo. Também tinham seus pensamentos, que não eram assim tão diferentes. Jovens, ambos, tão somente sonhavam. À volta dos três, a noite, o silêncio, as estrelas, as casas fechadas, os grilos, um vaga-lume esparso, cujo único mérito é fazer Delma sorrir, embevecida. E de novo ela desligou o rádio. Milo brincou:

— Decida-se.

Valdo não pode deixar de pensar na ambiguidade desta ordem. E foi só nesse instante que ele se deu conta de que disputava a garota com o amigo, que só por este motivo estava ali, qualquer outro era simples desculpa. E se ela percebesse? Mas já não teria percebido? Desde sempre as mulheres criam um litígio entre os homens e disso tiram proveito. Uma exigência da espécie, uma necessidade. Bem, ele a quer, mais que qualquer coisa que possa lhe acontecer neste verão. É provável que seu desejo tivesse origem nas escadas, em tudo que a respeito já ouviu dizer. O fato é que Delma gosta de um canto escuro, e de encontrar ali lábios e mãos que a explorem, os degraus a ferir-lhe as costas. Não se lembra de ter ouvido alguém confessar ter chegado mais longe, mesmo porque cinco minutos são quase nada quando o assunto é a descoberta de um corpo. Ainda mais um corpo jovem. E é preciso lembrar que, com bem menos, os caras já contam vantagens.

A música tem frequentemente em Delma o efeito de um sonífero: adormece-a pouco a pouco, até um sono profundo. Mas, a depender da melodia, desperta-a mais ainda, para a dor, um incômodo que é como um vazio imemorial. Nada mais faz sentido. É como se estivesse condenada, coagulada, apesar da juventude.

Este verão tem para ela contornos trágicos. Sua fama não se justifica, não até este momento. Suas aventuras nas escadas são quase puras, sem nódoas. Beijos, abraços, apertos, busca de um contato mais íntimo, não obstante superficial, pele a pele, ou nem isso, pano a pano... E é comum que de um certo ponto ela escape, não importa o que seu parceiro eventual diga, como reaja. Logo alcança o andar de cima, outro corpo, outros beijos, outros braços, ou mais fortes ou mais fracos, de um ânimo tão infeliz quanto o seu. Por vezes, pensou como era uma condição insensata, esta, mas o que fazer, se não consegue dizer não? E é até um milagre que ainda se mantenha intocada, tantas mãos passaram e tantas se foram, como nuvens. Conheceram-na, porém jamais a reconheceram. Ninguém. Nunca houve uma vez a mais, com nenhum cara. Agora, estes dois, seu primo e o outro. Decerto pensam que serão mais felizes, um apenas ou até os dois. Talvez seja a hora de dizer sim, talvez... Depois de tantas simulações, a realidade, enfim.

Liga o rádio novamente, antes que volte a especular sobre as estrelas, o que apenas confirmaria sua condição solitária, sedenta de alguma coisa. Não é senão por isso que trouxe o aparelho, para tudo parecer simples e usual. Assim é mais fácil se defender, dizer não.

Milo se levanta. Parece inquieto e angustiado. Valdo faz o mesmo, numa movimentação quase simétrica à do companheiro. No futebol, às vezes, um não serve o outro, sem nenhum motivo concreto. Somente porque talvez achem que seria o cúmulo não fazer isso de vez em quando; espécie de subserviência, que é preciso dosar. E agora, como no jogo, disputam outra supremacia. A primeira verdadeiramente importante de suas vidas. E não interessa que a vitória, ao fim, seja amarga ou que Delma escape, como pelas escadas, em tantas outras ocasiões. Basta que ela apenas...

— Se decida — Valdo diz.

E já prepara o chute contra o rádio, enquanto Milo vai arrancando, com violência, a blusa da prima...

Um galo canta à aurora vermelha.

O SEGREDO

Eles ficavam a manhã toda na esquina, falando de garotas e de futebol. O mais velho ainda não tinha dezenove anos, e o mais novo acabara de fazer dezesseis. Jogavam num time que se reunia todos os sábados à tarde e, esporadicamente, domingo de manhã. Nenhum dos rapazes trabalhava, e só dois estudavam. Uma vida repetitiva e circular, sem nenhuma perspectiva de mudança, tanto que um deles seria encontrado boiando no rio Guandu, e os pais nem foram reclamar o corpo, deixando que o Estado arcasse com aquele último conjunto de deveres. Foi um tio que, piedosamente, se encarregou de tudo, e o time inteiro compareceu ao funeral, a camisa oito sobre o caixão.

Não se sabe ao certo o que ele fez, nem é preciso saber: pequenos roubos e furtos também levam ao túmulo. Mas falava-se de mulher, que ele pegara uma gata amarrada a alguém, e o dono por isso o apagara. Assim, as reuniões matutinas, em plena segunda-feira de sol, um sol nada convidativo, ganharam um novo assunto. Gilson dizia que era mentira, que Bura jamais pegara qualquer mulher casada. Mas Delinho insistia, com seu escárnio. Já não parecia se lembrar de que o falecido o ajudava e muito na marcação em campo. Sem ele, e apesar de sua habilidade, ficaria sozinho, como aliás aconteceu no último fim de semana, quando o time caiu de quatro no sábado e ainda tomou cinco a dois no domingo. E não adiantava dizer que era porque estavam abatidos. Fosse assim, os atacantes nem teriam marcado — e no entanto fizeram quatro gols nos dois jogos, sem contar as bolas na trave e os milagres dos goleiros. Não. Delinho ficara sozinho. Nildo, que entrara no lugar de Bura, não estava nem aí pra marcar. Ia e não voltava. Seu negócio era gol. E com o Malaio, na meia-esquerda, só interessado na bola, era Delinho quem dançava. Talvez por isso, pelo tanto que correu inutilmente nos dois jogos, ele agora desancasse o morto.

— Bura nem tava aí pra mulher — Gilson replicou. E seu sorriso era como a manhã: claro, aberto, franco.

Ninguém disse nada. Não havia mesmo o que dizer, tal o peso da revelação. Contudo, passado um momento, alguém se lembrou de uma de suas namoradas. Certo, OK, ele tivera muitas. Até mais de uma ao mesmo tempo. Quando não três, quatro. Mas o que significava isso? Para muitos, um quebra-cabeça. E na roda alguém disse que só se falava aquilo tudo porque Bura estava morto. Mortinho. Dois tiros na cabeça e outro na barriga. Quem insinuaria, com ele vivo, que não gostava de mulher? Gostar, ele gostava, mas não dava importância. Informação meio vaga, não? É, sem dúvida: como viver sem se importar com a vida, ou como respirar sem se dar conta do ar. Era, portanto, uma discussão inútil, que não levaria a nenhuma conclusão, mesmo porque o cara empacotara. E então Delinho disse que era preciso falar com Nildo. O *boyzinho* precisava voltar. Isso de só ataque, ataque, não garantia nada. O camisa oito também marca, tem que marcar. Seu Geraldo, o técnico, que resolvesse. Não, era preciso conversar em campo, acertar lá dentro das quatro linhas. Caso contrário, gol!

— Mas, como eu ia dizendo, Bura não tava nem aí pra mulher. Ele foi apagado sim, mas por outra razão.

Nildo era sempre um dos últimos a se somar ao grupo, pois só o fazia depois que voltava da escola, lá pelas onze e meia. E ele acabara de passar para casa, de uniforme, e agora vinha chegando, só de bermuda e sandália, peito nu. Chegou, cumprimentou a todos e foi logo chamado à parte, por Delinho. O amigo receava que ele soubesse por outra boca o que se havia conversado. E os dois ficaram papeando encostados ao poste, o resto da turma ao longe, falando, rindo. Nildo balançava a cabeça, assentia. Queria a vaga no time e, por isso, aceitava sacrificar-se, embora todos fossem unânimes em afirmar que, quando ele se encaixasse no esquema, todo o conjunto ia crescer, pois, verdade seja dita, Bura não queria mais nada, nem mulher, nem bola, só droga, e por isso morreu. Baixou um silêncio sepulcral no grupo, que chamou a atenção de Delinho e de Nildo.

— Que rato tá roendo esses caras?

— Não sei — Nildo disse.

O mal-estar se prolongou, mesmo depois que os dois se reuniram ao grupo. E ali, diante dos amigos, não tiveram ânimo de perguntar o motivo do silêncio, pois, afinal, no íntimo, já o conheciam. Nesse momento, Vovô dobrou a esquina correndo. Tinha esse apelido porque quando criança vivia falando do avô. Trazia uma revista na mão, a boca só dentes. O outro do time que estudava, mas ainda assim não menos idiota. E ali estava, quase ao meio-dia, a bater ponto. Também sofria na vida, como todos os outros, por não estudar ou estudar pouco.

— Vejam! — disse, ao alcançar o time. E abriu a revista no chão. E todos se abaixaram. E todos viram: Cíntia, a irmã do Lúcio, o centroavante que marcara três vezes contra eles no sábado.

— Bem feito! — alguém desabafou.

— Então era isso!

Era. Cíntia andava dando pra tirar fotos. Por isso sumira, já fazia três meses. E agora ali estava, nua com dois caras. E alguém disse que ela era gostosa. E outro lembrou que ia ser uma merda (ou uma festa!) quando o pai descobrisse. A filha pornô.

— Caramba! — era o efeito da foto seguinte, virada a página.

— Quero ver Lúcio curtir agora!

Meio-dia, quando a roda se desfez, Gilson foi andando pra casa com Delinho, e de repente falou:

— Foi isso que eu quis dizer. Se Bura estivesse aqui, nem ligava pra revista.

Delinho argumentou:

— Mas ele teve Cíntia... É natural...

— É, teve.

— Então! A gente não!

— Mesmo assim, ele não ligava pra mulher. Posso garantir.

E Delinho olhou para o companheiro, sem alcançar o todo daquelas palavras.

CLARO

Eu subia a ladeira para a Vila Alzira. A bicicleta ia bem, rodando, fácil, pois eu a tinha lubrificado no dia anterior. Era um domingo de sol intenso, e extraordinariamente não havia futebol.

O time que jogaria conosco desmarcara o encontro, por medo. Tinham engolido o boato de que éramos... Sei lá o quê! Terríveis, talvez. Só porque no domingo anterior havíamos aplicado 11 x 2 num time de Bangu. Não souberam que estava chovendo, e partidas em campo assim terminam ou com um placar dilatado ou exíguo: zero a zero, um a um... Então sentaram o rabo e preferiram ficar em casa dormindo. Por outro lado foi bom, pois Robson não ia poder jogar: estava de serviço no quartel e só chegaria em casa pela manhã. Soldado raso, recruta zero, um mané! Mas era excelente lateral-direito. Eu o descobrira jogando num flamenguinho muito ruim, do qual ele era o destaque. Fazia de tudo: marcava, atacava, batia pênalti, falta, escanteio. Só faltava agir no gol. Na ocasião, seu time perdeu de oito, mas ele marcou três vezes. Então o chamei para jogar conosco. A nossa lateral direita era um enigma e uma avenida: por ali tomávamos um passeio, e pouco conseguia no ataque o nosso lateral. Robson vinha como uma luva. Naquela época, meio que na vanguarda, era quase ala, função ordinária hoje. Por isso fazia muitos gols. E também os tomava. Nada, porém, que não pudesse ser corrigido. E foi.

Eu jamais poderia imaginar que ele acabaria namorando minha prima e dormindo muitos sábados em meu quarto, na segunda cama de solteiro, que fora de meu irmão, metido numa empresa mineira estabelecida na Bolívia. Eu já havia memorizado a cena. Estava na praça com alguma garota ou entre amigos, arrotando façanhas com a bola, quando Delma chegava acompanhada de Robson. Me chamavam da esquina, com acenos de mão, e lá ia eu com minha companheira — ou sozinho — encontrá-los.

Invariavelmente era Delma quem falava:

— Ele pode dormir lá?

— Claro!

E ficávamos os quatro na praça o resto da noite — beijando. Ou íamos a um bar próximo, acionávamos a vitrola e bebíamos alguma coisa.

Mais tarde, já na cama, ligávamos a tevê. Meu pai roncava no quarto ao lado, enquanto minha mãe prosseguia no andar de baixo, sobre suas costuras, o que fazia sempre que decidia ir à missa domingo à tarde, e não de manhã.

Nunca era um bom filme, mas pelo menos eram filmes. Hoje, de madrugada, as tevês só investem em programas de auditório ou utilidade pública. Uma babroseira, tremendo atraso. De tempos em tempos, dávamos sorte e achávamos um Orson Welles, um Bogdanovich, um Antonioni. Raros, sem dúvida, mas possíveis de acontecer. E aconteceram, algumas vezes: *A dama de Xangai, A marca da maldade, Lua de papel, O grito*. Na manhã seguinte havia jogo, mesmo assim íamos dormir às três da manhã, embriagados por Rita Hayworth ou Janet Leigh...

Parei diante da residência de Robson. O portão estava fechado. Na varanda da casa, muito recuada terreno adentro, avistei a gaiola com os dois periquitos, um verde e outro azul, sempre se beijando.

Bati palmas e chamei. Depois de um momento de silêncio, renovei as palmas e o chamado, mais alto agora. Como as janelas se conservassem fechadas, supus que não houvesse ninguém em casa, apesar da gaiola na varanda. Robson morava com a mãe, só eles dois, pois a velha era viúva, e a irmã dele se casara havia dois anos com um limpador de ferramentas da Petrobrás e se mudara para Campos.

Passado um tempo, durante o qual fiquei ali, encostado ao muro, avistei Robson vindo pela rua, longe ainda, vestido em seu uniforme verde, de panaca. Ele acenou para mim, e imediatamente me pus em ação sobre a bicicleta. Logo o alcancei.

Ele parecia cansado, com olheiras profundas e os ombros caídos. A mochila em suas costas pesava mais que o normal. Mas ainda assim ele sorriu e disse que estava tudo bem, quando o cumprimentei. Só precisava dormir um pouco. Perguntei por sua mãe, e ele respondeu que, àquela hora, provavelmente estava na missa.

— Claro! Nem pensei nisso. Como minha mãe.

Depois mudei o foco:

— E Delma?

— Hoje de noite vamos dançar. Por que você não vem, com Iva?

Falei que não podia, que já tínhamos compromisso, íamos almoçar na casa de sua irmã e depois pegaríamos um cinema, havia um *sci-fi* novo, com um cara que vinha do futuro, exterminar uma garota. Provavelmente, só mais um filme de ação, com um ator forte, da moda, e uma atriz de rosto bonito... Além do mais, Robson sabia que eu não gostava de dançar, e que Iva, por seu lado, embora gostasse, não fazia muita questão. Não era, portanto, um programa que nos atraísse.

Entramos na casa. E fui me sentando, e ele ligando o som. Uma música pesada irrompeu, fazendo vibrar o metal das janelas. Robson sumiu num dos quartos, mas logo retornou, só de calção. Disse que estava acabado, exausto como um animal depois de um dia inteiro na tração, e precisava dormir — dormir, reiterou. Vi nesta ênfase um convite a que eu expusesse, sem rodeios, o motivo de minha visita e fosse embora.

— Me empreste uma grana — falei. — Iva me chamou para irmos à casa de sua irmã, depois ao cinema, mas estou liso, na lona.

Robson voltou a desaparecer no quarto. Retornou com quatro cédulas na mão. Achava que era uma quantia suficiente, e era. Me levantei, peguei o dinheiro e lhe agradeci o favor. Pensava em lhe pagar em breve, naquela semana mesmo.

Ele me acompanhou até o portão, e nos prometemos, na sexta-feira seguinte, levar as garotas a algum lugar especial.

— De preferência pra cama — brincou.

— Claro! — concordei.

Eu estava na esquina quando ouvi os tiros. Dois inicialmente e, com um intervalo de uns dez segundos, mais um. Voltei correndo. Todavia, antes que alcançasse a casa, já duas pessoas, dois vizinhos assustados, haviam pulado o muro e chegavam à varanda. Mãe e filho mortos, ela com dois buracos no peito, e ele com um rombo na cabeça. Às vezes, como minha mãe lá em casa, a mãe de Robson aos domingos deixava para ir à missa à tardinha... Parece que isso o irritou. Queria dormir, dormir!

Na gaiola, os periquitos trocavam de poleiro a todo momento, inquietos com o vaivém fulgurante.

O GOLEIRO QUE DORMIU CEDO

41'

Perdíamos por um gol. E vocês sabem: não é que o goleiro seja um cara estranho; o que ele faz é que é estranho. São dez no time fazendo quase a mesma coisa, e aquele outro, o goleiro, que faz exatamente o que é proibido a todos os demais. Estávamos na semifinal do campeonato do município. Nossa primeira participação, e uma semifinal. Começamos devagar, sem levar a sério. Na véspera de muitas partidas, fui dormir depois das quatro da manhã, aos primeiros raios do sol. Noutras, nem cheguei a dormir, fui direto pro campo. E posso afirmar que isso acontecia com todo o time. Éramos jovens, queríamos viver, desfrutar o que quer que fosse. Nada era tão grave que pudesse nos aprisionar. Estudávamos, jogávamos futebol, alguns de nós trabalhavam, fodíamos nossas namoradas, vivíamos, sonhávamos.

42'

O time começou discreto, empatando três jogos seguidos, e Nelson, nosso goleiro, dizia que parecíamos a Itália da Copa de 1982. Depois enfiamos três 1 x 0, de sorte; mais um empate, uma derrota e outras duas vitórias. Ao fim, num grupo de seis times, ficamos em terceiro lugar. Aos quinze classificados se somaria o campeão do ano anterior. Novo grupo, dois empates, três vitórias, e o primeiro lugar, que nos levou ao primeiro mata-mata. O adversário, que imaginávamos muito difícil, surpreendentemente caiu diante de nós e vencemos os dois jogos. O último, em casa, de goleada: 5 x 1. Veio então a semifinal, e na primeira partida, fora, vencemos pelo placar mínimo, gol de cabeça do China, nosso central, a poucos minutos do fim. Mas o outro time possuía uma campanha melhor e jogava por dois resultados iguais. Chegaram então para nos enfrentar em busca de uma vitória simples. Na preleção, numa esquina, que era onde o time se reunia, o técnico Vavá, que era tio do Nelson e que não entendia nada de futebol — seu campo de ação era a música, mais precisamente o *rock* (e fora na casa dele que muitos de nós se iniciaram no gênero) —, bem, Vavá disse que jogar pelo empate era bobagem e que se ganhamos fora podíamos perder em casa. E era o que mais acontecia. O que mais acontecia... acontecia... acontecia... Aquela frase não me saiu da cabeça por vários dias, era como um vaticínio cruel ou um alerta.

43'
Naquela noite de sábado, ninguém conseguiu relaxar em coisa alguma. Namoradas foram abandonadas, bares adiados, sonhos esquecidos. Eu, que vivia quase uma lua de mel com Mônica, a irmã de um colega de escola, andei quase até perto de sua casa e voltei, sem lhe dar nenhuma satisfação, nem por telefone. Foi difícil no dia seguinte convencê-la a ir me ver jogar... Resolvi passar na casa de Cátia, onde provavelmente Nelson estaria. Mas ele já havia saído.

— Que houve, Magrão? — ela perguntou. — O Nel tava tão esquisito...

Falei que não era nada, que era o jogo de amanhã que estava nos roendo. Seu rosto me devolveu, com perplexidade:

— Jogo?

E entrou em casa sem me dizer nada, chorando.

44'
Pela rua escura, sob um céu sombrio, rumei para casa. Nunca me senti tão mal. Mais tarde, eu compreenderia que algumas derrotas são bem melhores que as vitórias. Liberam a tensão e nos devolvem ao nosso lugar, recuperam nossa verdade, resgatam nossa linha de vida, só nossa. O que começara por brincadeira nos levara a um patamar de responsabilidade para o qual não estávamos preparados.

E Vavá, com a sua experiência, não no futebol, mas na existência, quebrara o encanto. Aquele segundo jogo da semifinal, que tinha tudo para ser tranquilo, transformou-se, de certo modo, no lance que decidiu nosso destino, nossas vidas.

No caminho, me desviei e fui ver se encontrava alguns dos caras na praça. Vi só o Vládi, que jogava vôlei, no meio de alguns panacas que odiavam futebol e que também nos odiavam. Brigas com eles não eram incomuns. Mas de Vládi gostavam e a mim toleravam. Me aproximei e sentei ao lado de sua namorada, que estava com a irmã. No intervalo, Vládi veio falar comigo. Não parecia nem um pouco abalado pela perspectiva do jogo. Mas logo soube que era tudo casca. Quando Cláudia se afastou com a irmã para comprar qualquer coisa no bar do outro lado da rodovia, ele disse:

— Acho que vamos perder...

45'

Fui achar o Nelson em sua casa. Já estava dormindo. Foi Rosane, sua irmã, quem veio me atender ao portão. Disse que ele chegara da casa de Cátia e apagara. Imagine! Ele, o goleiro, fora dormir cedo! Era o que todo o time deveria fazer, eu inclusive. Mas não foi o que aconteceu. Sentei com Rosane no banco colado à cerca e conversamos até quase de madrugada. Seu namorado estava detido no quartel, por brigar, bater num companheiro. Dez dias.

— Não ligo — ela disse, e então me deu um beijo, forte, acalorado. Olhei para ela e disse:

— Puxa, Lil!

Era como a chamávamos, todos nós, os amigos de seu irmão: pelo apelido que ele quando criança lhe pusera. Fui embora e, na manhã seguinte, durante o jogo, olhei a plateia e a vi ao lado de Mônica, as duas risonhas, torcendo...

46'

Perdíamos por um gol. Aquele tipo de jogo em que tudo dá errado, por mais que você se esforce e lute. É como se a bola fosse um objeto estranho, jamais visto ou tocado. Logo no início, levamos um gol de cabeça. No fim do primeiro tempo, o empate, através de uma falta, que o Misa botou lá no ângulo. Ele era o cérebro do time, todas as jogadas passavam por ele, que, caladão, sem sorrir, as distribuía em passes precisos e algumas verdades. Lembrava o Didi, da folha-seca.

Mas a poucos minutos do final da partida, o segundo gol do adversário. Baixou uma tristeza. Uma impotência. E logo um desespero. Eu só lembrava a noite anterior, a minha odisseia, o vaticínio de Vládi:

— Vamos perder.

Durante um córner, e geralmente eu ficava atrás com Vládi, para a subida do China e do Dudu, nossos zagueiros, falei:

— Cê tava certo, vamos perder.

Ele me olhou furtivamente, abstraindo-se do jogo, e vi que seus olhos brilhavam, úmidos. O córner não deu em nada, mas continuamos pressionando. Era o que nos restava. Rildo, o ponta-direita, meteu uma bola na trave, e Guto, artilheiro, perdeu um gol incrível, que o goleiro espalmou para fora. Foi então que aconteceu. Nelson passou por mim e por Vládi, no meio do campo, correndo — o gol lá atrás, vazio. Nessa época, goleiro no ataque era um disparate, uma loucura, mesmo nas peladas. Só eu e Vládi, preocupados com a retaguarda, vimos quando ele avançou e se postou para cabecear, os zagueiros preocupados com os nossos altões, ele baixinho, um goleiro inconcebível, mas que vinha agarrando, fazendo milagres. Nem nos demos conta de que, com ele ali no ataque, o gol estava desguarnecido. Não nos demos conta de muita coisa, naquela época...

E então aconteceu: a bola viajou, desviou em sua cabeça e morreu nas redes. Quem o xingava um segundo antes foi abraçá-lo; quem ficara de boca aberta sorriu. Tinham dito que perderíamos em casa, e que isso sempre acontecia... Mas o que aconteceu mesmo foi o que jamais acontecia: gol de goleiro, e de cabeça! Foi a maior lição que aprendi em toda a vida: que a realidade, como uma moeda, tem dois lados, e que é nas coisas estranhas que está o sentido, talvez o segredo.

47'

Não fomos campeões.

E AMANHÃ TEM JOGO

A garota estava deitada na cama, os ouvidos vedados por um som forte e pulsante, e os olhos dispersos, numa escuridão sem fim. Mais um sábado de tédio em casa. Seus pais tinham ido a um jantar, e sua irmã, nove anos mais nova, assistia na sala a mais um desenho animado idiota. Ela pensou em Nil, que só queria saber de futebol e brigas. Agora mesmo estava lá no viaduto velho, em mais um racha. Pelo menos foi aonde ele disse que iria, com o Pablo e o Misa, acabar com uns caras. Ela não entendia por que isso. Tanta energia gasta com músculos. E os três tinham namorada, e amanhã tinham jogo, e na segunda-feira por certo seriam convocados para a seleção da escola, todos titulares, e absolutos e respeitados e venerados; o Pablo era, inclusive, o capitão do time, o sujeito que ergue as taças, que capitão não serve para outra coisa. E, no entanto, brigas, brigas, uma por semana pelo menos. Nil todo fodido, sangrando. Da última vez, o corte no ombro demorou um tempão pra sarar, ela fazendo curativo, e ele brincando, fazendo trocadilho com seu nome: "Vai sarar, Sarah". Bem, sarou, mas ficou uma cicatriz feia, de bandido. E Nil não era bandido. Nunca roubou, só brigava, e de briga quase todo carinha gosta, sua própria mãe dizia que seu pai fora assim, brigão, na escola, na rua, no campo de futebol. Mas depois ele emendou, ficou responsável, um homem direito. "Não muito, mãe", Sarah pensou em dizer, lembrando-se do dia em que avistara o pai saindo do motel com uma garota, colega sua no curso de inglês. Ela nem quis mais nada com o Nil, não ali, naquele santuário maculado. "Não, não quero transar aqui", disse. E Nil, que pedira grana e carro emprestados para aquela noite especial, não soube o que fazer. Foram então à colina, atrás da fábrica de charutos, e ele baixou o banco do carro, e os dois ali se acharam, na escuridão. Sarah como que se vingava, sem nenhum pudor. Nem deixou que Nil pusesse camisinha. Vai assim mesmo.

Na carne. E foi bom, talvez a melhor das vezes com ele. Ela até sentiu vontade de contar pra alguém no dia seguinte, pra Diana, sua amiga, mas então se lembrou do pai e intuiu qualquer coisa de ruim, algo sujo, e sentiu medo, começou a tremer. Acabou ajoelhada diante do vaso, engasgada com o próprio vômito. A mãe acudiu e, ao fim, perguntou, espantada, se ela estava grávida. Sarah só fez olhá-la, contendo-se para não lhe dizer toda a verdade, que ela vira o pai com uma garota e depois trepara com Nil pensando nele e por isso agora estava ali, se esvaindo no vaso.

A porta se abriu, e Clarinha entrou, acompanhada de Nil. Ele sangrava na cabeça e numa das mãos, enfaixada com um pedaço sujo de camisa. Sarah deu um pulo da cama e o abraçou. "Pablo já era", ele disse. Sarah ficou em silêncio e depois começou a esmurrá-lo no peito, falando e aumentando o tom de voz, com raiva: "Porra, Nil, porra!" Ele a abraçou forte, contendo os golpes, que, aos poucos, morreram em suas costas. Mas ele não tinha certeza, simplesmente Pablo não respondia aos seus apelos, e era como se não respirasse, então ele e Misa correram e, antes que o viaduto acabasse, pularam na areia lá embaixo e atravessaram o rio... Sarah disse que tinham de voltar lá, e já estava tirando a camisola e pondo a calça jeans, blusa, tênis. Lá fora viu Misa, que ficara no portão, atormentado, as mãos na cabeça. "E amanhã tem jogo", Nil falou, sonhando. Sarah o olhou, incrédula. Pensava em Pablo e em Diana, que naquele momento não sabia da merda feita e estava longe, no casamento da prima, ao qual Pablo não quisera ir. E Diana também ia morrer... A primeira morte de sua vida. Até a velhice, se lá chegasse, seriam muitas.

Na praça, tomaram um táxi. Se Sarah não estivesse com eles, nada feito. O motorista talvez até pensasse que era um assalto... Mas ela explicou, houve uma briga no viaduto velho, e parece que alguém tá ferido, "O Pablo, o senhor conhece? O filho do doutor Bonelli?" O motorista conhecia o doutor Bonelli, mas não o filho dele; e o carro arrancou, veloz, cortou toda a cidade, iluminada, bares e restaurantes cheios, duas ou três casas de show abarrotadas, algumas vazias, porém, as piores, em decadência. Logo passavam à margem dos primeiros bairros de periferia, por fim alcançaram as favelas, a subir as colinas como feridos que se arrastavam. À saída da cidade, o táxi dobrou em direção ao rio. Minutos depois trepou no viaduto. "Quase no fim", Nil indicou. Sarah evitava olhá-lo e também a Misael, que até ali não dissera uma só palavra. Mas se ele, mesmo em situações normais, já falava tão pouco! "Ali!", e o carro parou, e Sarah desceu, Nil também, e depois Misa e o motorista. Acercaram-se do corpo, que tinha um canivete enfiado no ventre, a mão esquerda em volta, crispada. Sarah dobrou-se sobre Pablo e tentou reanimá-lo. Em vão. Não havia pulso, nem respiração, nem calor: toda uma vida de sonhos esgotada no fio de uma lâmina. Ela então se ergueu e, desolada, arrastando-se, voltou para o táxi. Deixava aos homens, apropriadamente, a tarefa de erguer o corpo.

Já sentada no táxi, lembrou-se do celular e chamou a polícia. Na delegacia, demoraram a acreditar, pois acharam que era trote: tinham recebido mais de cinco, só naquela noite. Quando chegaram, levaram Misael e Nilson, e Sarah também, afinal. E no carro foram perguntando por que eles tinham feito aquilo. E Nil disse que não fizera nada, que foram outros caras, na briga, durante os combates... "Um monte de caras, num enorme racha"; e Misa começou a chorar, em desespero. Sarah não conseguia acreditar naquela noite, em tudo que estava acontecendo. E sentiu saudade de sua cama, da música pulsante que ouvia, daqueles sábados mortos de sempre, que ela tanto odiava e que então, sem surpresa, começou a amar. "Foram eles sim", ela disse, de repente. "Porra, Sarah!", Nil gemeu. E gemeu de novo, ao receber um soco do policial. Mas ela nem olhou para eles. Futebol aos domingos, brigas aos sábados de noite... uns caras que mais pareciam uns fedelhos mimados... ou uns brutos, com cérebro de minhoca. E olhando a noite, crivada de estrelas, o nariz grudado ao vidro da viatura, ela se prometeu ir embora daquela cidade de merda, daquele acúmulo de casas pobres, mato e vidas inúteis, que se iam devorando, aprisionadas em seu próprio tédio, sua estupidez... No entanto, jamais cumpriu sua promessa, pois, como ela própria disse, já mãe e quase avó, mais dia ou menos dia qualquer morte se apaga, e a vida prossegue o que é, uma repetição enfadonha, outra garota deitada na cama em mais um sábado sem graça.

Campo e Extracampo

"E tudo então está perdido para sempre até o próximo domingo, dia do caderno de empregos. Seu time joga fora de casa. Uma pedreira."

Tom Correia

O GOL ESQUECIDO

I

Aos 45 minutos do segundo tempo, a partida estava zero a zero.

O goleiro voltou da linha de fundo com a bola e, depois de colocá-la no ângulo direito da pequena área, bateu o tiro de meta.

Naquele preciso instante, sem motivo algum, ele pensou na sua infância, num fato qualquer e nem assim muito relevante, mas que se perpetuava em sua memória e esporadicamente invadia seus dias: ele estava na praia a contemplar o mar e, de repente, como se viesse de outro mundo para dentro de um quadro pendurado à parede, passou o navio, enorme, lento, de um branco que o obrigou a proteger os olhos com o braço erguido à altura do semblante.

Dos pés do lateral-direito, que também guardava lá em sua mente seus pensamentos mais íntimos — as pernas da prima, que ele amara e não conseguira possuir, e que eram como uma mancha em seus olhos —, a bola deslizou na grama e chegou aos pés do zagueiro central...

Este, apanhado em sua distração, quase a cantarolar um tango, parou a bola e a passou adiante, rápido. Durante a parábola que ela descreveu até alcançar o quarto zagueiro, ele de fato cantarolou um refrão, e foi por isso que, quando o outro a empurrou de volta para ele, o atacante a roubou e esticou para o outro atacante, aberto na ponta direita...

Felizmente, o lateral-esquerdo estava atento, apesar de não conseguir esquecer a noite que tivera com a namorada dois dias antes, e recuperou a bola. Com três ou quatro passos, partiu para o ataque e a tocou lateralmente para o volante, que se perdera por ali, livre de marcação.

Este, também perdido em sonhos, mal raspou a bola, num leve toque, passando-a de volta ao lateral, que continuou correndo, até que, cortando para o meio — a namorada ainda em seus tímpanos —, entregou-a ao meia-esquerda, meio estático então, alheio ao jogo, convencido de que o zero a zero persistiria e já pensando noutras coisas, no restaurante ao qual levaria naquela noite Jamille e a irmã, que acabara de chegar da Itália e que — obviamente — vinha lhe trazer uma proposta — do Milan, sem dúvida! — e que ele de pronto aceitaria.

A passagem da bola por ele não durou senão um segundo, pois ele a tocou de lado para o outro meia, que, também de primeira, embora pensasse em seu filho que ia nascer, a esticou até o lateral-direito, que a essa altura subira das coxas da prima para pontos mais escusos, mas que ainda assim recebeu a bola e a fez evoluir, rodar.

A troca de passes alcançou o segundo volante, aberto na direita. Ele acabara de olhar a torcida e sentira medo; era talvez o único jogador preocupado com o que acontecia nas arquibancadas, com o frenesi que a qualquer momento se converteria em alegria ou cólera. Quando a bola o alcançou, ele como que renasceu, voltando de um sonho ruim. Com um adversário a marcá-lo de longe, visivelmente entregue à fadiga, o que lhe permitia domínio e tranquilidade, ele estacou, ergueu a cabeça e mandou a bola em direção à área. O primeiro atacante, um negro alto e desengonçado, conseguiu subir entre dois zagueiros, superando-os — e, naquele instante, pensou em como seria maravilhoso se conseguisse cabecear a gol e marcar; seria o artilheiro do domingo, o herói da semana! —, mas apenas raspou a bola com a testa, o suficiente, porém, para que o segundo atacante tirasse uma ligeira vantagem sobre o terceiro zagueiro, sua sombra desde o início do jogo.

II

No entanto — e talvez porque pensasse que seria uma injustiça passar mais um jogo em branco, o quarto seguido, a torcida já a exigir mudanças —, não bateu bem na bola, que partiu num chute fraco e impreciso, de modo que o lateral-direito adversário, vindo na cobertura do zagueiro, apanhou-a e esticou na direção de um de seus atacantes, na intermediária.

O veloz camisa nove se voltou para o ataque, deu dois dribles rápidos — no sonho do volante, também na prima da namorada do meia-esquerda — e passou a bola para seu companheiro de área, aberto na direita. Este não teve dificuldade em passar pela noitada com a namorada do lateral-esquerdo, nem pelos versos mal-cantarolados do zagueiro central, argentino.

O outro atacante já ia pelo meio, a puxar de uma só vez o lateral-direito, ainda a despir a prima, e o quarto zagueiro — o capitão do time e provavelmente o único em campo cuja imaginação manteve-se vazia, concentrada no jogo, mas só até aquele momento, pois, num átimo, compreendeu que levariam o gol, e que então tudo estaria perdido, até que o próximo certame lhes renovasse as esperanças, independentemente do estado de ânimo da torcida.

Num inesperado corta-luz, o atacante deixou a bola livre para o seu meia-esquerda, que avançou livre rumo ao gol, a bola dominada, aferrada à perna boa, com as passadas largas e decididas que faziam tremer os torcedores adversários, a expressão firme e infensa — locutores esportivos não perdem a chance de reabilitar certos termos caídos de uso — ao esforço da corrida.

O que o goleiro pensou naquele instante seria sempre um mistério, um enigma, como o era ainda para ele o branco daquele transatlântico a invadir a praia azul e iluminada de sua infância. Ele fixou a bola, atento ao movimento de pernas do atacante. Tentou adivinhar o momento do chute, a direção que a bola tomaria. Como no pênalti, o canto que o jogador escolhesse. Em vão. Foram segundos preciosos, nos quais o goleiro desceu ao inferno, e o jogador subiu ao céu. Raros eram os gols que em momentos como aquele podiam ser evitados. Só havia uma solução: o goleiro rogou a Deus que aquela bola beijasse a trave. E fechou os olhos.

Com isso, ele não viu a bola nem o gol: bastou-lhe ouvir que a torcida, extasiada, sem pensar noutra coisa, os transformou numa página de suas vidas.

III

E o goleiro jamais viu aquele lance. Nem na tevê, nem em fotos, nem na *internet*. Também optou por não ler nada a respeito. Ele sempre se recusava a falar daquele gol, a comentá-lo. Nem mesmo com a esposa, que chegou a traí-lo com a escuta oculta de um programa de tevê famoso. Mas não deu certo, pois ele não falou. Por mais que ela insistisse, sua resposta era "Não!" ou o silêncio.

Fez o contrário de Barbosa, goleiro da seleção de 1950, que passou a vida condenado e a dar explicações. Com o nosso goleiro foi bem diferente: do mesmo modo que aquele navio de sua juventude jamais saíra de sua cabeça, aquele instante jamais a ocupara. Era como se não houvesse existido. Uma página arrancada de um livro.

Dessa "inexistência" de um lance a uma inação completa em vários outros foi um passo — ou alguns jogos. Não foram poucos os gols que ele levou por ficar estático, os olhos fechados, rezando. Obviamente que isso abreviou-lhe a carreira, e ele acabou seus dias, com pouco mais de trinta anos, num timeco da terceira divisão do Paraná. Era capaz de grandes defesas e igualmente de intervalos de aferrado alheamento.

No leito de morte, décadas depois, cedeu à curiosidade e pediu à esposa que lhe mostrasse uma foto clássica daquele momento do gol. A velha senhora hesitou, sorriu e afinal, dando-lhe as costas, saiu para o corredor do hospital. A imprensa, que estivera lá fora todo o tempo — durante tantos anos! —, como se fosse a sombra de pesadas nuvens, invadiu o quarto, câmeras e gravadores ligados.

Enfim, o gol.

MONSTRO

De passagem pelo Líder, avistei Victor Vhil diante de sua indefectível xícara de café. Não o encontrava havia algum tempo e não pude resistir a aportar no balcão e lhe dar uma palavrinha.

Ele foi muito cordial, como sempre, embora daquele seu jeito — silencioso, contido, quase frio e, de repente, entusiasmado. Trazia alguns livros, que me permitiu folhear à vontade. Quando os deixei de lado, ele disse:

— Algum lhe interessou?

Respondi que não, apesar de reconhecer que eram ótimos livros.

— Estou vendo — acrescentou.

E — diante de minha perplexidade, pois o sabia bom leitor e intimamente apegado aos livros, como se fossem mais que objetos materiais, fossem na verdade seres aos quais nos confidenciamos — ele me contou uma singular história.

Só quem nunca ouviu Victor Vhil contar uma história resiste àquele seu rosto transfigurado, de cujos lábios pendem as palavras, as frases, uma a uma, lentamente, hipnóticas, como partículas de poeira num feixe de luz. Só quem nunca o ouviu não se deixa impressionar, conduzir.

Pedi ao garçom também uma xícara de café e me imobilizei para escutá-lo. Por quarenta minutos, só ele falou.

Os livros pertenciam a um velho amigo de seu pai e eram os últimos de uma vasta biblioteca que se escoara aos poucos, conforme as necessidades médicas de seu proprietário. Vitimado pelo câncer, encontrava-se agora, infelizmente, em estado terminal. O dinheiro obtido com os últimos volumes vinham servindo apenas para lhe atenuar as dores, sempre lancinantes. Zelava por ele uma prima, também idosa, mas ainda forte o suficiente para lhe apaziguar com diligência e afeto as dores físicas e também as humanas, de uma raça impotente, breve como o éter. Sua história era estranha. Mais velho que Victor em bem mais de trinta anos, o sujeito parecia saído de um tempo cru, inimaginável. O desenvolvimento tecnológico das duas últimas décadas nos distanciara a todos de qualquer tipo de mistério. E naquela história havia muitos...

Quando jovem, passara muitas dificuldades. Provinha de uma família pobre, de lavradores. Aqui na cidade, viviam de trabalhos pequenos, embora honestos, e também de expedientes ilícitos, coisas menores, que só um observador muito atento conseguia perceber. Mortos os pais, o jovem se viu de súbito encarregado de seu próprio sustento. Tentou trabalhar, mas a falta de estudos não o favoreceu. Não demorou muito, estava nas ruas, envolto em andrajos, a pedir. Contudo, era uma época em que até esmolas eram dadas a almas eleitas. E a um jovem relativamente forte e sadio, apesar das roupas em farrapos, dificilmente se abria o bolso. Ele passava o dia inteiro a rogar, mas não conseguia praticamente nada. Então deixou a barba crescer, também o cabelo e, ainda aos trapos, calçado numa única bota que deixava entrever seus dedos de unhas crescidas e pretas, forjou uma perna amputada e feridenta. Numa calçada do Comércio, com um par de muletas ao lado, voltou a pedir. Ator nato, pelo menos nas fisionomias de dor e desânimo que simulava, como se, devido ao seu estado, mal conseguisse balbuciar qualquer som, ninguém punha em dúvida sua condição — sofrível, irremediável.

Depois de um tempo, tendo arrecadado algum dinheiro, mudou-se para uma vila perto de Feira de Santana. Para ali ia toda sexta-feira à noite, voltando a Salvador na segunda de manhã, "a trabalho".

Um juiz piedoso foi, durante muito tempo, um de seus melhores contribuintes. Era muito raro o dia em que não lhe jogasse alguma moeda, uma nota mais gasta, amarfanhada. Sua generosidade se multiplicava em certas ocasiões, como no Natal, no Ano-Novo, na Páscoa. Muitas outras pessoas agiam da mesma forma. E assim foi por quase duas décadas, talvez mais. Porém, não para o juiz...

Entusiasta do futebol — que chegava, no Brasil, ao ponto da virada, com a conquista da primeira Copa do Mundo —, o juiz fora convidado por um amigo, jurista famoso, a assistir a um torneio amador em Feira de Santana. O torneio começaria no sábado, bem cedo, estendendo-se até o início da noite, com partidas de dois tempos rápidos. As finais seriam disputadas no domingo pela manhã, quando então se conheceria o campeão.

Pois, na tarde de sábado, estava o juiz assistindo à décima quarta partida da jornada, quando avistou à beira do campo, aquecendo-se para disputar o próximo jogo, um rapaz que ele julgou conhecer. Sim, conhecia, era o aleijão do Comércio!

Cabeludo, magricela, a barba enorme, descuidada. Súbito, o técnico o chamou, e o juiz compreendeu, claramente, que o rapaz era tratado pelo apelido de Monstro. O que bem refletia sua aparência, sem dúvida. Monstro marcou dois gols, seu time venceu, e ao fim do jogo o juiz o procurou:

— E então, Monstro, perna nova?

O rapaz o olhou incrédulo, depois se levantou do gramado, onde descansava, e o arrastou dali. No outro extremo do campo, num trecho castigado pelo sol, conversaram. O rapaz tentou se explicar, embora soubesse, de antemão, que nada justificaria sua conduta, sobretudo perante um juiz — e ainda mais aquele juiz.

— É o meu trabalho, doutor. Não o estrague, eu peço — concluiu, num sopro, o rosto fatigado.

O juiz ficou em silêncio. Parecia pensar, e pesar as consequências, enquanto seus olhos fugiam no campo, conduzidos pela bola, que não parava, chutada de um lado a outro pela insensatez dos pés.

Finalmente falou, com um sorriso, menos de escárnio que de compreensão.

— Fique tranquilo, também não sou juiz...

— Não é?

— Não. Aliás, como muita gente não é coisa alguma. Apenas pensa que é. Ou finge que é, como nós — eu e você.

A história chegava ao fim. Interrompi Victor e pedi ao garçom outro café. Os livros foram deixados de herança para Monstro pelo juiz, que no leito de morte não conseguia reprimir um sorriso, quando se referia a ele. Monstro jamais leu um título que fosse. Não poderia. Era um homem prático, de ação, que utilizava a mente como se exercitam os músculos, sem perdas, tanto na hostilidade quanto na ternura. E as ideias manchavam, pareciam encolher as vidas, apagar o que elas reuniam de mais precioso: a espontaneidade. Foi o que ele disse ao juiz, lá em sua linguagem precária, pretendendo recusar os livros. Mas o juiz, num sussurro, replicou:

— Eles lhe serão úteis. Amenizarão suas dores como amenizaram as minhas.

PIEDOSAMENTE

Minha prima foi me esperar na rodoviária e me acompanhou até um hotelzinho do centro de Lus. Duas horas depois, descansava o corpo nu sobre o meu, sonolenta, ar de satisfação. Ignorava minha profissão e inocentemente imaginava que eu voltara por causa do aniversário de morte de meus pais. Mas eu nem pretendia ir ao cemitério. Perseguia um cara e, como ele ia ficar alguns dias na cidade, que coincidentemente era a minha, também resolvi fazer uma pausa. Pelo menos até matá-lo.

A tarde ruidosa pouco a pouco foi se acalmando, emudecendo.

— Soube de Ricardo? — ela disse.
— Não. Que houve?
— Está morrendo.

Ricardo jogara futebol conosco, e todos diziam que ele era o melhor, o mais habilidoso e agressivo. Ao menos ali, entre nós da cidade, simples peladeiros. Alcancei-o, porém, já decadente, sem muita disposição, refém das lembranças. Aparecia no campo só às vezes, batia uma bola rápida e ia embora. Às suas costas, dizia-se que ele se drogava, que não era mais o mesmo, que estava morrendo. Agora eu voltava e ia vê-lo antes de todos os meus amigos, como se só ele importasse, e Márcia não passasse de uma aventura comum, o resgate em escala menor de uma oportunidade perdida. Como se ela não fosse o vetor de tudo, o volume do meu sangue...

Não o encontrei logo: tinha mudado e mudado e mudado muitas vezes... Mas enfim o achei, numa rua escura, de periferia, atolada em lama, lixo e pobreza. Antes eu jamais fora ali, e naquela tarde fui com algum receio, certo constrangimento. Eu proporcionava a morte, às vezes sem piedade, mas não podia suportá-la agindo por si mesma, gradualmente, em silêncio. Pode parecer um paradoxo — e é —, contudo, sou assim, não posso ser outra coisa.

Ricardo morava com a irmã mais velha, já sem marido e sem filhos. O último era militar e só voltava a casa nos fins de semana, quando então dormia da manhã à noite, premido pelo inacreditável cansaço de todo um quartel.

Quando cheguei, ela se preparava para sair. Era enfermeira e naquela noite estava de plantão. Falamos pouco, pois logo ela se foi, deixando-me a sós com seu irmão doente. Me aproximei da cama em que Ricardo se estendia, quieto. Aos quarenta anos, aparentava mais de cinquenta. Sorriu sem vontade, acho que por educação ou surpresa — quase não me reconheceu —, e lembrou de meu pai, com quem havia trabalhado por algum tempo, antes de desistir do futebol. Sorriu e em meio ao sorriso começou a tossir, violentamente. A seu pedido, obscuro e gestual, que demorei a compreender, apanhei a bacia debaixo da cama e a firmei sob seu queixo. Ricardo cuspiu, vezes seguidas. Uma gosma amarela com limalhas de sangue.

— Sabe do que sinto mais falta? — falou, quando a tosse esgotou-se, o rosto devastado pelo esforço despendido.

Guardei a bacia sob a cama, puxei uma cadeira que estava perto — as pernas meio bambas, o encosto pronto a fugir — e me sentei diante dele.

— Do futebol...

E se mexeu na cama, apenas o suficiente para sacudir dentro de si o sangue estagnado. Depois cerrou os olhos. Ficou assim algum tempo, como se só desse jeito fosse possível revolver a memória, acirrá-la.

Ao abri-los, de volta, sorriu com amargura:

— Você lembra do nosso time?

Respondi-lhe que não, pois na minha época o time já não existia, e ele, Ricardo, andava desanimado, silencioso, recluso. O mito era um, e o homem que o promovera, outro, completamente diferente, quase adverso.

Seus olhos se perderam na semiescuridão do quarto. A luz pinicada que entrava pelas frestas do teto parecia vir das estrelas, de um outro mundo talvez, menos miserável.

— Foi a música — falou, daí a um minuto.

— A música? — me surpreendi.

Seu rosto sonhava, noutro tempo, provavelmente o passado, mas talvez já também o futuro, que isso e aquilo eram uma coisa só, inseparável, que se estendia e distendia, até sanar-se num limite remoto. E explicou que fora a música que o afastara do futebol. A música que sempre ouvia em seu cérebro...

Mexeu-se outra vez na cama, encolhendo as pernas sob o cobertor e voltando a esticá-las, com dificuldade. Quando voltou a falar, sua voz soou esvaziada, quase sem som, o rosto ainda mais triste, desfigurado pelo esforço. Mal ouvi o que disse. Constrangido com seu aspecto cadavérico e imerso na atmosfera de desgosto e desesperança que prevalecia à minha volta, resvalei da lucidez para a obscuridade e lhe fiz uma pergunta estúpida:

— O que você tem feito?

Ele voltou a cabeça, a fisionomia incrédula, um corte irônico nos lábios. Seus olhos, negros e ligeiramente vidrados, como dois orifícios jamais preenchidos e onde, apesar de tudo, a vida persistia, seus olhos me fulminaram. A abertura que sua boca promoveu a seguir era alguma coisa mais que um simples sorriso de mofa: feria. A pálida carne esticada sobre os dentes intimidou-me a tal ponto que baixei a cabeça e olhei o bico dos meus sapatos.

— Veja — disse, erguendo o lençol. E então vi, vi seus ossos, sob a pele, mas visíveis, simuladores de um esqueleto frágil que a carne, muito fina e seca, estava longe de disfarçar com eficiência. Animaizinhos esquivos e agitados sob um trapo. Seus braços eram sólidos ainda, e sua cabeça, volumosa, perfeita, sem alteração, mas de seu peito para baixo... Era como se ele estivesse secando, se afinando, perdendo linha a linha a massa de vida.

Pediu água. Fui à cozinha e voltei com um copo cheio, a transbordar. Ricardo arfava, sofregamente, e a morte passava sobre ele como a sombra de um avião a correr nas ondulações do campo. Levantei-lhe a cabeça e encostei o copo em seus lábios. A água escorreu por seu queixo e molhou-lhe o pescoço e o peito encovado. Sorvia com dificuldade, como se possuísse várias línguas e sua garganta estivesse vedada.

Antes que ele terminasse — e era incrível que demorasse tanto a beber um simples copo d'água —, não resisti à tentação de fazer justiça, mais uma vez, piedosamente. Apanhei o travesseiro e o esmaguei contra seu rosto. O copo tombou da cama para o chão, e suas pernas começaram a se debater. Também seus braços se revolveram — em vão.

Todo seu corpo era agora um trem lutando contra o sentido inusitado dos trilhos. Pensei em futebol, em música, e torci para que ele também pensasse nestas coisas...

Ajeitei o travesseiro debaixo de sua cabeça e saí.

A tarde escapara sem que eu percebesse. Ao trocar a escuridão compulsória do quarto pelo negror espontâneo da noite, não vi diferença.

A visão dos ossos de Ricardo sob a pele não me saía da mente. Não eram somente ossos. Eram seres, outros seres, iguais a ele e que também sofriam — e que não sei se matei.

Para Dani, que ama o Gatilho.

NENHUMA PARTICIPAÇÃO EM LIBERTADORES

Nenhuma participação em Libertadores, essa era a verdade. Para que time ele torcia? Para um time que no campeonato nacional não ia além da posição intermediária. Tudo bem que depois de subir para a primeira divisão jamais ficou ameaçado de rebaixamento. Não, não mesmo. Isso ele reconhecia. Entre vinte clubes, estava sempre pelo meio, entre a oitava e a décima quarta posições. Raramente à frente e jamais atrás, na rabeira. Isso era um mérito, sem dúvida. Mas, por outro lado, já estava cheio dessa farsa. Os clubes rebaixados, ou aqueles que viviam ameaçados e escapavam no fim, não passavam por isso apenas porque estavam em crise; sofriam porque se arriscavam: muitas vezes, estavam envolvidos com a Libertadores, em meio às semifinais ou já na final, e apropriadamente largavam o Campeonato Brasileiro com os reservas, que nem sempre iam mal, mas raramente iam bem e deixavam seus times no pé da tabela, a torcida irada por se ver, de repente, o centro da pilhéria, apesar do sucesso em nível continental.

E nem assim os clubes de porte médio — e seu clube não passava de médio — aproveitavam a chance. A tendência — ou talvez a meta — era ganhar em casa e empatar ou perder de pouco fora. Ao fim, dos mais de cem pontos disputados — e como não se podia ganhar todas as partidas em casa — seu clube chegava a sessenta ou sessenta e cinco, no máximo. O suficiente para se inscrever entre os dez primeiros e disputar a Copa Sul-Americana, espécie de segunda divisão do intercontinental. Pedreira torcer para um time assim, come-corda. Já estava de saco cheio. Nenhuma participação em Libertadores. Nada senão os mixurucas campeonatos estaduais. Deficitários, sem empolgação, uma sucessão de campos esburacados e sem luz. E os locutores panacas dizendo que ia ser um jogão o próximo clássico. Que A tinha o melhor ataque, e B a melhor defesa. Que Naldinho era um meio de campo diferenciado, e Cléber sabia fazer gols. Que o goleiro de C vinha pegando tudo, apesar dos mais de vinte gols sofridos só no primeiro turno... Que Afonso era o zagueiro que deixava a torcida de D mais segura. Mas que palhaçada! Tudo timeco. Tudo doador de pontos para times cariocas e paulistas, quando disputavam o nacional. Seu time até que possuía um bom histórico comparado ao de B, C e D no Brasileiro. Estes, quando subiram à primeira divisão, caíram no ano seguinte e não voltaram mais. D até foi parar na terceirona. Seu time, por sua vez, já amargava quinze anos na série A. Batia na trave, como aconteceu oito anos atrás, quando ficou na terceira posição — pena que na época só os dois primeiros disputavam a Libertadores! — ou "ficava nos pênaltis", como na penúltima temporada, quando esteve a dois pontos de disputar a pré-Libertadores. Que diabo! Se ao menos aquela bola no Sul tivesse entrado! Na verdade, entrou; o juiz é que não viu. Nem o bandeirinha. Bando de ladrões! Quando não era a falta de competência do time, ou o medo, o cagaço de se impor fora, mostrar que não havia mistério no futebol, que as camisas eram todas iguais, era o juiz que roubava! Mas as camisas não eram todas iguais, sabia disso. A do seu time mesmo não botava respeito. O adversário olhava e fazia vista grossa, escondia um riso. Não acreditava. Nem com a pressão da torcida. Daí porque dos dezenove jogos disputados em casa perdia pelo menos cinco ou seis, às vezes oito, dez. Havia times que chegavam, olhavam aquela camisa e riam. Do riso ao gol e depois à vitória era um pouco, um tantinho. *Nenhuma participação em Libertadores*, portanto. Em mais de cem anos de existência, nenhuma. Ora, se até duas décadas antes o time nunca havia jogado no Maracanã, como pensar grande? É, não dava mesmo: o típico exemplo do time de várzea que chegava a disputar, por quinze anos seguidos, o campeonato nacional. Psicologicamente, já havia sido campeão muitas vezes e disputado várias Libertadores. Estava agora esperando, complacentemente, o rebaixamento. Já fizera história. A história possível. Nada mais que isso. Pedisse caixão e vela, que ali era o fim. Não sabia por que ainda continuava a torcer. Por seu pai, talvez. Porque seu pai lhe pusera ainda criancinha aquela camisa. E tirara fotos, um mundo de fotos, que mostrava aos amigos, orgulhoso. Na verdade, se não fosse por isso, torceria por outro time, ou dali mesmo do estado ou de fora dele. Com a tal Globalização, torcia-se por qualquer clube, de dentro ou de fora do país. Quantos caras não via na rua com a camisa do Barcelona? Ou do Manchester? Ou do Milan? Camisa do São Paulo, Corinthians ou Flamengo era chuva. Via também do Vasco, do Fluminense, do Cruzeiro, do Inter. Hoje, torcer para um time era questão de prestígio do time na imprensa, sua presença constante na mídia, no noticiário — ou porque ganhava, era um clube vencedor, ou porque era protegido pelos jornalistas, como o Corinthians, sempre badalado: se vencia, exaltação; se perdia, pediam providências. Não havia mais isso de amor ao clube. Era igual ao que acontecia com os jogadores, que jogavam no time que pagasse mais ou lhes oferecesse mais vitrine, para que fossem convocados a jogar pelo Brasil ou encurtassem a ponte aérea rumo a um contrato milionário na Europa. Deus, como o torcedor havia mudado! Como se tornara volúvel! Ele começara a torcer ainda garoto e durante todo esse tempo vira foi coisa, muita coisa. Roubo, viradas de mesa, favorecimento, um time que fora dormir líder e acordara em terceiro lugar, porque um juiz se envolveu em suborno, e várias partidas tiveram que ser anuladas. A consequência foi que a taça ganhou a sala de troféus do Parque São Jorge. Tomaram providências. E nesse fluxo também ia o torcedor. Quando um time era campeão, sua torcida crescia, em poucas semanas; quando perdia feio ou era rebaixado, os torcedores debandavam. O que estava acontecendo? Era quase uma questão de honra continuar a torcer pelo time que se começou a amar ainda garoto. Não importava o motivo como começou a relação — se por imposição ou influência do pai, se por fascínio despertado em algum momento, geralmente de vitória, uma grande vitória! Não importava. Agora mesmo, não importava que seu time tivesse sido humilhado. Era o seu time. Estava com ele havia mais de vinte anos. Sete gols pesavam, sem dúvida, mas não eram tudo. Havia o dia de Chico e também o de Francisco. Era fato consumado que não houvesse conseguido ainda nenhuma participação em Libertadores. E talvez não conseguisse nunca. Mas era seu time, estava com ele havia mais de vinte anos! Ia vê-lo aonde quer que ele fosse. Até no Haiti. E era por isso que desejava e muito uma participação na Libertadores. Ia vê-lo no México, tranquilamente, contra o América ou o Monterrey. Quem sabe no estádio Asteca, onde o Brasil jogara e fora campeão — não se lembrava agora se os dois times mandavam seus jogos naquele estádio... Talvez não... Bem, ia vê-lo assim mesmo, em qualquer estádio, e voltaria feliz, mesmo com sete gols na cabeça. Amava seu time, não o seu desempenho. "Ei, me dê mais uma cerveja! Quantas já são?... Cinco? Me veja mais duas então... e a conta." Quando se está sozinho, não há número que não seja redondo. Nenhuma participação em Libertadores, essa era a verdade.

UM TÁXI PARA O INFERNO

Expulso aos cinco minutos do primeiro tempo, o meia-direita de uma equipe em crise entrou no vestiário apenas para trocar de roupa e apanhar a mochila. Nem chegara a suar, portanto nem tomou banho. Foi embora.

Na rua, pegou o primeiro táxi que avistou.

Dentro do veículo, foi reconhecido e teve que se explicar, embora por vontade própria, espécie de desculpa a si mesmo por estar ali, voltando para casa, como um soldado que houvesse desertado:

— Fui expulso logo no início do jogo.

Com essa informação, o motorista ligou o rádio e sintonizou a transmissão da partida. O time em crise já perdia por 2 x 0. Dois gols-relâmpagos, um atrás do outro. O time estava tonto, acossado, sem poder de reação. Cupins no vento, antes de um temporal. A bola ia e vinha na área, como se para seus jogadores estivesse besuntada de manteiga, e para o adversário, polvilhada de giz.

— Que ano, meu Deus! — o jogador disse, suspirando.

O motorista parecia se divertir, mas, depois de um tempo, fechou o semblante e adotou uma fisionomia séria.

O carro corria livre, na noite sem tráfego. Não mais que trinta minutos do estádio até sua casa. E, com aquele deserto, não mais que vinte. O jogador se perguntou o que diria à mulher. Que fora expulso, claro! A verdade. A verdade que estaria em todos os jornais no dia seguinte. E na tevê, na *internet*, nas bocas por toda a cidade. Com um a menos, time se entrega. Três gols em dez minutos. Seis a zero foi pouco. Diretoria estuda a possibilidade de punir Gilvan. Técnico admite que expulsão foi decisiva para a construção do resultado. Expulsão desmontou o esquema e ainda desorientou o time. Empresário de Gilvan reconhece que depois da goleada a permanência do jogador no clube é quase impossível e que seu destino será mesmo a Europa. Colunista analisa o motivo da expulsão e explica o placar tão dilatado. Os dois próximos jogos serão decisivos. Técnico prevê mudanças nos três setores do time. Dupla de atacantes deverá ser substituída. Gilvan se recusa a dar entrevistas. Empresário afirma que até sexta-feira situação do meia-direita Gilvan estará definida. Presidente do clube é incisivo: "Aqui ele não joga mais!" Gilvan quebra o silêncio e diz que agora só pensa na Europa. Lazio confirma contratação de Gilvan. Gilvan é recebido com festa na Itália...

Bem, seria melhor assim. Que assim ocorresse, e ele fosse embora. Seria a suprema felicidade. E por certo Adriana não ia se opor, se bem que ela não se interessasse muito pela Europa. Vivia dizendo que preferia o Brasil. Que a Europa era fria, duplamente fria. Nem sempre, ele estava pronto a responder. A Itália tinha seu calor, humano e de clima. E as pessoas se pareciam muito com os brasileiros. Pelo menos era o que se dizia, e também era assim nas novelas. Gente espalhafatosa e brigona, alegre e melodramática.

Adriana ia gostar, e ele também. Era só se adaptarem. Entrarem no ritmo, desfrutarem o clima. Deixarem a vida correr. E com os gols, o time vencendo — e a Lazio era grande —, tudo se encaixaria. Como um esquema, que só precisa de treino e prática, que os jogadores aos poucos se conheçam e se entrosem.

Em meio a esses pensamentos, e na metade ainda do caminho, saiu mais um gol do adversário. Sua recente previsão se confirmava. Seria goleada: três ou quatro gols ainda no primeiro tempo e mais dois ou três no segundo. Uma vergonha. Olhou para o motorista, que agora parecia sofrer. E não seria por ele.

— É o seu time? — Gilvan perguntou, curioso.

— Não. Mas é do meu filho, que vai ficar de cabeça quente hoje.

— Lamento.

O carro entrou numa rua iluminada. Bares e restaurantes cheios. Em dois deles, um de cada lado da rua, havia uma tevê sintonizada no jogo, e uma multidão a assistir, atenta. Num, a cada gol, euforia, risos, copos em choques e agitação; no outro, silêncio, quietude, abatimento e um ar de sonho, vago e vulnerável como uma cortina de nuvens.

Exatamente à passagem do táxi, saiu mais um gol. Gritos ecoaram, mãos frenéticas batiam nas mesas, pessoas se abraçavam, aos pulos. Um autêntico frenesi, só comparável ao do carnaval.

— Desliga esse rádio, por favor! — Gilvan disse, desesperado.

O motorista fez o que ele pediu e ainda acelerou o carro, como se assim pudesse lhe oferecer um pouco de alento, de conforto. A euforia ficou para trás, mas não o desânimo, que era como um terceiro passageiro, entre eles.

— O que você acha que vai acontecer agora? — perguntou o motorista.

Gilvan não respondeu. Olhava pela janela a sucessão de casas e prédios. As luzes dançavam em seus olhos. Via pessoas nas janelas — outras que ainda caminhavam nas calçadas — e duvidava de que elas existissem, fossem de verdade, a evidência sólida e palpável daquele instante.

— O quê? — falou, diante da insistência do motorista.

— O que você vai fazer agora? — o motorista mudou a pergunta.

— Estou indo embora — Gilvan se apressou a dizer, em tom quase inaudível, para dentro.

— Eu sei — o motorista assentiu. — Quero dizer, depois da expulsão, desta goleada, do vexame que será amanhã, do assédio da imprensa...

Gilvan não hesitou:

— Já disse, estou indo embora.

— Do país? É isso?

— É, é isso.

O motorista se voltou para ele, os olhos arregalados e um sorriso aberto, de êxtase.

— Ora, mas isso é um furo de reportagem!

Voltando a atentar para o trânsito — e coincidentemente vários carros cruzaram agora por eles, muitos dos quais portavam as alegres bandeiras do time que estava vencendo —, continuou:

— A imprensa já sabe?

— Não, claro que não!

— E quando isso ficou decidido? Ontem? Hoje?

Por um instante, Gilvan pensou se o motorista não era um jornalista disfarçado. Um outro pateta como o Caco Barcelos. Talvez fosse. Mas isso seria demais! Pura má sorte. Ou perseguição. Não, o cara era só um curioso. Mais um sujeito interessado nas fofocas do mundo do futebol, como muitos. Decidiu lhe oferecer o benefício da suprema novidade, ainda que não fosse verdade, não tivesse nenhum fundamento, exceto o seu desespero.

— Há pouco. Antes de o senhor me pegar. Falei com meu empresário e pedi que ele trouxesse o contrato para eu assinar. Estava em dúvida se aceitava ou não, a negociação foi secreta, durante as duas últimas semanas, mas agora decidi. Depois de hoje, e a torcida vai me achincalhar... não podia permanecer.

— É, e amanhã a sede do clube vem abaixo... Não?

Gilvan não respondeu. Se os torcedores achavam que quebrando a sede do clube promoveriam alguma mudança, que assim fizessem. Eram mesmo como papel ao vento. Uma hora para um lado, outra para o outro. Num dia cantavam, no outro aprontavam uma guerra. Não entendiam que para haver um vencedor era preciso o adversário perder. E que, se num dia se perdia, no outro se ganhava. Também não entendiam que todo jogador tinha seus dias de má sorte ou de vulnerabilidade, dias de baixa autoconfiança e de nenhuma eficiência. Dias de sonho. Para isso, existiam os reservas. Não eram, estes, simples legendas na súmula. Cabia a eles mudar a direção do vento ou transformar brisa em vendaval.

Pela janela o vento frio lavava seu rosto.

— Você vai jogar em que time? E onde, na Europa?

Gilvan procurou os olhos do motorista no retrovisor e não hesitou em perguntar:

— Você é jornalista? Já estou desconfiado, com tanta pergunta...

— Desculpe — o outro disse, com algum sentimento.

Houve uma pausa, ao fim da qual Gilvan falou:

— Tudo bem. Me desculpe o senhor... Eu menti: não vou embora, não agora, imediatamente... Nem existe nenhum contrato. Nenhum interesse da Europa. Estou é com medo do que vai acontecer amanhã... A imprensa, os dirigentes, a torcida... Vai ser um pileque, uma barra. Preferia não estar vivo para ver. Ou então dormir e acordar no mês que vem, o time já ganhando e tudo resolvido: eu em boa fase ou então no exterior, na Europa, fazendo gols, Adriana ao meu lado, feliz.

Ele não queria um dia atrás do outro. Queria pular etapas, montar o curso da existência conforme a sua vontade, só de instantes perfeitos e inesquecíveis.

O motorista sorriu.

— Não é pedir muito — o tom não era de pergunta, era de afirmação, desejo genuíno de conceder ao jogador a chance de realizar seus desejos.

Gilvan também sorriu.

— Não, não é muito, mas é impossível.

— Talvez não seja...

E de súbito, sem ouvir o que o outro acabara de dizer, Gilvan se perguntou se já não deveria ter chegado em casa... E como estaria o jogo? Se seu time pelo menos fizesse um gol... Poderia no segundo tempo, mesmo com um a menos, esboçar uma reação.

Mas isso era sonho. Uma escapada psicológica. Uma maneira que todo torcedor encontra de amenizar seu estado de ânimo, o peso da vergonha e da derrota. Seu time não só não faria nenhum gol como sairia do estádio humilhado, imerso numa das maiores crises de sua história, os dirigentes e o técnico com a cabeça a prêmio — e ele também, Gilvan! —, torcedores em fúria, chuva de pedras à saída do ônibus. E bem fazia ele de pensar na Europa, na Itália, na Lazio. Se Adriana não quisesse ir, que ficasse. Ele iria. Aliás, era descendente de italianos, até podia mais tarde jogar na *Azzurra*. Bastava se naturalizar. Futebol tinha de sobra. Habilidade, passe, chute. E fazia gols. Era um meio de campo de marcar muitos gols. E também ajudava na marcação, daí porque fora expulso, porque também marcava, não ficava na intermediária do campo, chupando sangue, à espera de um rebote para partir ao ataque. Tinha um bom sentido de coletividade, disciplina tática e respeitava a opinião dos técnicos. Jamais se importava em ser substituído... Na verdade, tinha mais perfil de jogador italiano do que brasileiro. Era fácil reconhecer isso. Além de competitivo e polivalente, era criativo, explosivo, viril. Puro sangue romano.

— Quanto estará o jogo?

O motorista voltou a ligar o rádio. Faltavam treze minutos para o fim do primeiro tempo, e o placar era 4 x 1.

— Olha, fizemos um golzinho! — exultou Gilvan.

— É — o motorista sorriu, complacente, e desligou o rádio.

— Mas a situação ainda é crítica — Gilvan concluiu. — Periclitante, como dizia meu pai.

— Talvez não seja...

Era a segunda vez que o motorista dizia aquela frase...

— O que você quer dizer com isso?

— Isso o quê?

— Que "talvez não seja"... — Gilvan explicou.

O motorista diminuiu a velocidade, dobrou à direita, passando por uma aglomeração de pessoas, e começou a subir uma ladeira. Gilvan reconheceu o fundo de seu prédio, ao passo que achou estranho toda aquela gente ali, à porta do grande portão de ferro da garagem, um local que em geral não concentrava ninguém, sobretudo àquela hora, à noite... Quando chegasse ao cume da ladeira, o automóvel faria uma curva à esquerda e desceria pelo outro lado até a portaria do seu prédio. Faltava muito pouco, uma centena de metros, para que ele chegasse em casa. E se enfiasse num banho, depois na cama e por fim mergulhasse no sono. Talvez tivesse que tomar algumas pílulas, para conter a ansiedade e aplacar o desânimo. Tinha algo assim no armário do banheiro... Se não tivesse, Adriana teria. Ela passou por médicos de cabeça — como dizia sua mãe — no ano passado. Depressão, melancolia, abatimento, qualquer coisa assim, depois do aborto. Fora involuntário, era certo, e o médico garantira que isso acontecia às vezes com algumas mulheres, mas ela demorou a aceitar a situação, a se convencer de que não era uma assassina.

— Que só depende de você...

Gilvan tornou à superfície, de volta do fundo de suas memórias.

— Ah?... Como assim?

— Bem, eu pergunto: por que você não ficou no estádio? Por causa da vergonha, certamente, e do medo de encarar as pessoas... Por que quer agora deixar o time, o Brasil, e até mesmo se naturalizar para jogar na seleção da Itália? Ora, talvez por revolta, por não conseguir moldar a realidade aos seus desejos e interesses... Mas de fato as coisas não são como a gente quer. Uns têm mais sorte, outros mais azar. Mas é tudo. A realidade não é manipulável. Não naturalmente. Mas para tudo há um jeito. E também para este instante há uma solução. Uma solução ao seu modo, que expresse seu desejo, que reproduza sua vontade.

"E qual seria? Meu Deus, o que está acontecendo?" — Gilvan pensou.

Quem era aquele motorista? Certamente não era jornalista — não falando daquele jeito, solene, profundo, misterioso... E estava longe de ser um simples motorista de táxi. Como ele sabia, por exemplo, que Gilvan aceitaria se naturalizar italiano para jogar na Azurra? Nem com Adriana falara isso, nunca! Foi algo, aliás, que lhe ocorreu ali, naquela noite. Estaria ele sonhando, Gilvan? Será que não acontecera nenhum jogo, nenhuma goleada? Será que ele estava dormindo, com Adriana ao seu lado — o corpo quente, nu, colado ao seu? Será que ele conseguiria acordar e assim voltar à estaca zero, ainda em campo, sem ter sido expulso e fora daquele carro, longe daquele motorista maluco?

— Não — o motorista disse. — Sua mulher acabou de se jogar do prédio, em troca daquele golzinho único que lhe ofertei. Você viu, passamos pela multidão à volta do seu corpo, lá atrás, diante do portão. Pela alma de sua esposa, lhe ofereci um gol. E pela sua lhe darei o jogo. Basta que você me diga que assim o deseja.

O fim da frase coincidiu com a chegada do táxi ao prédio de Gilvan. A calma da entrada, com crianças brincando no saguão e o porteiro atento ao movimento da rua e também ao jogo, na pequenina tevê à sua frente na guarita, não indicava que houvera lá atrás um suicídio. Mas houvera sim, ele vira a multidão, a aglomeração em volta de algo. Se bem que ele não viu direito, viu só as pernas paradas e as cabeças baixas, ou talvez nem isso. Não viu nada. Era só uma sugestão daquele motorista escroto, que pretendia assustá-lo, se aproveitar da situação para lhe pregar uma peça. Mas, e se fosse verdade? Se ele pudesse com uma simples ordem mudar o jogo? Pelo visto — ou dito — era isso. Uma ordem, um desejo que mudasse tudo. Mas em troca ele teria a sua alma. Mas quem era ele? Não um simples motorista de táxi. Não. Nem um jornalista disfarçado. Com efeito, um ser mais poderoso — e maligno!

Gilvan desceu o vidro do carro e perguntou ao porteiro quanto estava o jogo. Aos quinze minutos do segundo tempo, o time de Gilvan vencia por 6 x 4.

Soube então que sua alma já não lhe pertencia.

GUERRA, SANGUE E CERVEJA

A guerra chegara a uma trégua. O *front*, quieto e em silêncio, convidava os passarinhos a voltar aos voos e as borboletas a ensaiar novas cores. Dois coelhos brancos, saídos talvez de um tempo remoto, sem desavenças nem disputa pela vida, deixaram a toca e percorreram por um momento toda a faixa de terra que separava um exército do outro. Lá longe, depois de uma pausa, continuaram a correr e a pular, até que desapareceram. Mesmo as guerras precisam de um repouso.

O filme na tevê tinha um título pomposo e antigo: *Milagre na frente ocidental*. Tudo porque o Natal estava perto, e nada mais politicamente correto do que unir guerra, futebol e Natal. Levar esperança, promover o esporte mais popular do Planeta, louvar a Deus. Afirmar que a guerra também era romântica, que o futebol servia de alguma coisa e que Deus podia unir os homens... Asco, que saco!

Plato passara a manhã na cama. Não havia missão para aquele dia, nenhuma escaramuça, e além do mais ele estava de folga. Conseguira três dias de licença do comandante, porque mandara para a morgue dois árabes. Talvez até ganhasse uma medalha e, se tivesse sorte, alguns dias em casa. A família, o rosto da namorada, o clube, o professor Endre, seu amigo Oe, Naomi... Plato deixou a cama, vestiu-se e saiu. No corredor, olhou a escala de serviços. George estava no Galpão C, *empilhando*, como se dizia. É verdade que dessa vez não eram muitos: uma dúzia? dez? nove? Menos, talvez. Ou mais. Nunca se sabe ao certo, por vê-los cair um após o outro. Só mais tarde, no mármore, a contagem era limpa e precisa. De uma exatidão metálica.

Lula ia vendo o filme por ver, porque não quisera sair de casa. Poderia ter ido beber no Bar do Louro ou vagar pelas ruas e sapecar uma garota. Mas no dia seguinte tinha jogo, e ele queria estar inteiro, funcionário. E como havia futebol no filme, ficou. O futebol era a sua vida. Nada mais importava. Futebol, apenas futebol. Se seu time ganhasse, comemorava; se perdesse, protestava. E estava sempre xingando alguém, da arquibancada ou pela *internet*; provocando os torcedores adversários, exibindo os músculos e mostrando as armas. Gastava quatro horas de musculação por dia. Duas pela manhã, cedo, duas à tardinha, depois do trabalho. Coleções de flâmulas e pôsteres subiam pelas paredes de seu quarto. Seu time não passava um ano sem ser campeão. Não perdia uma final. Ou uma apenas, em cinco ou seis disputadas. Sua arrogância então era grande. E seu desprezo também — por tudo que não reunisse aquelas duas cores.

O acampamento estava vazio, só as sentinelas esquadrinhavam o horizonte. E mesmo assim desatentas, despreocupadas, seguras de que também do outro lado a trégua era bem-vinda, um alívio. Plato seguia de mãos nos bolsos. Tinha um curativo à altura do ombro, e uma tipoia lhe fora recomendada, mas ele a deixou no alojamento, pois sentia vergonha de se mostrar ferido... A não ser que fosse um ferimento tão grave, que o enviasse de volta. Andou uns quatrocentos metros até chegar ao Galpão C. Era como um enorme hangar, de madeira, porém mais baixo. Logo à entrada, sentiu um cheiro adocicado de carne, de matéria humana voltando à terra. Não avistou ninguém. Só os montículos negros alinhados em fila. Contou nove. Depois chamou por George. Um soldado negro saiu por uma porta dos fundos, com um prato de comida nas mãos. Sorriu claro quando viu o amigo. Os dois se abraçaram, com efusão, o que por muito pouco não derrubou o prato.

— Cê tá sozinho?

— Pois é, caí no sorteio e tive que ficar. Como se alguém fosse se interessar por isso aí... — e apontou os corpos. Depois disse: — Mas venha, tenho algo pra gente.

Numa mesa, em que sem nenhuma dificuldade se percebiam pequenas manchas de sangue seco, algumas ainda num tom esmaecido de vermelho, os dois sepultaram mais de meia garrafa de uma bebida intragável, mas revigorante, necessária.

— Marcaram um futebol pra de tarde — Plato disse, animado.

— Onde? E que horas?

— Perto da faixa (é o único lugar disponível, apesar do risco...), às quatro horas.

— Vou. Só preciso fazer algumas fotos e etiquetar. Depois, tô livre.

— Fotos?

— É, agora tem isso...

Nas duas horas que se seguiram, George puxou o zíper do saco de cada soldado morto, fotografou-lhe o rosto e colocou em seu pescoço um cordão com uma etiqueta: nome, número, graduação, cidade de origem, lugar em que foi morto e *causa mortis*. No terceiro corpo, já era Plato quem fotografava, com George segurando a cabeça do "modelo", para que o amigo a enquadrasse melhor. E não era raro que um ou outro comentário jocoso escapasse, que George ou Plato dissessem:

— Este não queria nada na escola, nem aqui; agora vai ter que ver o Diretor...

Ou então:

— Este era descendente de um quilombola, no Brasil; ou melhor, de um "quilo-de-bolas"...

E riam, como meninos, do trocadilho. E que ninguém os julgue, sem antes tomar a cargo trabalho semelhante e não reagir da mesma forma.

Na última guerra entre torcidas organizadas, as autoridades também contaram muitos mortos. Fora no início do ano, mal começara o calendário de competições, num campeonato das divisões de base, com entrada gratuita e sol a pino na cabeça. A torcida ia apenas para fazer — ela também — uma espécie de pré-temporada, como os times. Batiam, apanhavam, testavam técnicas e armas. O fio elétrico sob o cinto da bermuda nenhum policial achava. Na revista, passavam a mão sobre o cinto e só sentiam o cinto. Mas o fio estava lá, na cintura, entre a pele e o tecido. Era só botar na ponta depois a roda de rolimã que traziam dentro dos tênis, como um salto-extra. Lula e o resto caíram na brita, quando o céu berrou. Nem esperavam que fosse assim, mas foi. Na verdade, tinham se preparado para pegar uma turma pequena, na volta, ao sair do estádio. Um grupo de babacas, de gatinhos lambidos de suor. Mas fora melhor daquele jeito, a coisa ferveu, saiu dos cascos, e eles então experimentaram livremente, no tombo da turba. Depois foi só ver na tevê as imagens e rir, trovejar.

Quando terminaram, George disse que até as cinco horas a "carrocinha de sorvete" viria pegar os corpos, mas aí já não era com ele, seu trabalho terminara, que fossem ao futebol. Foram. Pelo caminho, tiveram a impressão de que a calmaria se acentuara. Sim, era a trégua, de alguns dias, mesmo assim havia uma guerra, e naquele momento era como se não houvesse. Quando se aproximaram do descampado, onde duas traves toscas foram improvisadas, avistaram a bola alçar-se em meio a alguns jogadores. Subia e descia, de um pé a outro, bem ou mal tratada, na roda de pesados coturnos. Misturaram-se. Alguém disse que era preciso começar logo, pois em pouco mais de uma hora ia escurecer. George se prontificou a escolher um time, e Rulfo, do décimo-primeiro batalhão, o outro. Plato e George, no mesmo time, iam jogar juntos no ataque, e isso os divertia, um prolongamento, de certo modo, da atmosfera de há pouco, entre os mortos. O goleiro do time adversário recomendou que se guardasse o lugar do tenente...

— Que se dane! — um jovem soldado retrucou, em tom enérgico, e então deram início ao jogo.

A duas rodadas do fim do campeonato, o time de Lula só precisava de um empate para se sagrar campeão nacional, pela oitava vez e a terceira seguida. Mas fora assim anos antes, exatamente assim, e o time perdeu, deu de banja a taça para seu maior rival. Ele não suportava pensar nisso. O coração acelerava e logo-logo vinha a náusea, o desconforto no pênis, como quando pensava em mulher. Desta vez, porém — acreditava —, muito mais que da outra. O time vinha forte, embalado, com seis vitórias seguidas e um empate: "Merda de filme, nada acontece".

Estava 4 x 2 para o time de Plato e George, quando ali perto, ao norte, do lado inimigo, subiu uma bandeira branca. Um encardido trapo de camisa, na verdade. A reação de todos os soldados envolvidos no jogo, e de mais alguns que à beira do campo esperavam sua vez, foi mais do que estranha. Quiseram pegar nas armas, mas não havia armas ao alcance das mãos; quiseram gritar, mas suas gargantas não emitiram qualquer som, nem mesmo por instinto ou impulso. Dois ou três, amedrontados, quase em pânico, até pensaram em sair correndo: só parar no alojamento, em segurança, debaixo da cama... Após a bandeira, surgiram alguns rostos, duas ou três vozes, numa garatuja de sons que desejavam explicar a situação e, não havia dúvida, travar contato... Contato sem sangue, sem embate, sem ódio, sem diferenças de nenhuma ordem. Contato por coisa alguma. Contato livre e espontâneo, porque era assim que deveria ser entre os homens.

— Acho que eles querem jogar — George disse, rindo, a bola nas mãos.

Todos riram também, até o tenente, que havia mais de meia hora esperava sua vez de entrar no jogo. E o inimigo avançou, enquanto se confabulava acerca daquela estranha situação, daquela insólita batalha que, em minutos, teria início. E os soldados inimigos já mexiam a bola, passavam-na de um para outro e também aos oponentes, que enfim pararam de discutir e se entregaram à troça... Afinal, era véspera de Natal!

O telefone tocou, Lula atendeu, tirando-o do bolso. Era o Tonhão, o quepe da B.O.T.A. Também estava em casa sem querer dormir nem sair, para não perder o jogo, de forma alguma, no dia seguinte, e para começar cedo a jornada de guerra, sangue e cerveja.

— U'a merda esse filme! — Lula disse.

— É, meloso demais, u'a droga, filme de boneca — Tonhão concordou.

Ficaram em silêncio.

— E amanhã, hein?

— É, no rabo! Vamo borrar 'queles caras!

— Claro que vamo!

Novo silêncio. Por fim Tonhão perguntou:

— Cê viu o comentário que um "sacra" fez no *Torcidas* sobre a B.O.T.A.?

— Não.

— Pois veja, dê u'a lida... Arrepia! Quero pegá ele, sei quem é.

— Ok, vô *vê*! E então, amanhã, fio nele!

— Fio nele!

Dizem que a trégua se prolongou por três semanas e só parou com um pênalti mal-marcado — como sempre um pênalti mal-marcado! Dizem ainda que jamais houve qualquer trégua, muito menos o jogo. É o que dizem, mas dizem também que isso é boato espalhado desde a cúpula, a mesa de um general insatisfeito com os rumos da guerra nas linhas de fronteira. O certo mesmo é que Plato, ferido gravemente, voltou para casa meses depois, e que George continuou a tirar fotografias e a pôr etiquetas, pois não há outra maneira de se fazer a guerra.

No dia seguinte, o time de Lula e Tonhão venceu e sagrou-se campeão, mas, mesmo assim, o sacra foi sacramentado. Guerra, sangue e cerveja.

MÉTODO BUZZATI DE SOFRER

Noite e fuga

— A Itália vai ganhar!
Foi assim que, naquela noite, N. resumiu a sua opinião sobre o que aconteceria durante o jogo Brasil e Itália, pela Copa do Mundo de 1982.

Estávamos na grande praça do bairro, e a noite era cálida, um breve e insinuante verão dentro de um inverno sem sentido.

Éramos talvez seis ou sete. Caras, somente. Nenhuma garota. Estavam todas na reunião do grupo jovem da igreja, inclusive a minha namorada e a de N.

A frase caiu sobre nós como a notícia de uma guerra iminente. Houve, de início, um silêncio, cortado pelos sons da existência em volta, pois a noite não podia parar apenas porque alguém expressara sua opinião, e esta não condizia com a de um país inteiro; depois, um murmúrio de roupas e membros em frenesi — estávamos em ebulição — e afinal explodimos, todos ao mesmo tempo, em comentários que tinham um só propósito, ainda que inconsciente: invalidar aquele vaticínio terrível.

O Brasil vinha de uma excelente vitória contra a Argentina. Era o melhor time do certame. Jogava por música, como se dizia na época. Foi a única seleção que, sem exageros, podia ser equiparada ao time tricampeão em 1970, que nenhum de nós ali presentes, diga-se de passagem, vira jogar. Éramos, todos, crianças no ano auge dos militares: o mais velho tinha só oito anos, e o mais novo, quatro. Conhecíamos da tevê — direto do passado — o que agora, ainda pela tevê, era um presente concreto, sem ilusões. Zico, Sócrates, Falcão, Éder entravam em nossos olhos e iam, pouco a pouco, sepultando Pelé, Tostão, Jairzinho e Gérson. Os gols mais bonitos daquela época eram esquecidos, soterrados pelos atuais, mais visceralmente nossos, porque emanados de nossos gritos. E a Copa apenas havia chegado ao seu segundo terço. As duas últimas partidas — contra a Itália só precisávamos do empate e, se só precisávamos do empate e sempre jogamos para ganhar, era certo que não poderíamos perder

— constituiriam apenas uma espécie de ornamentação final, a derradeira pincelada de um artista vigoroso em sua tela maior, consagrada à admiração universal.

A minha namorada e a de N. chegaram quando, depois da ebulição verbal, um novo silêncio se abateu sobre nós, como a nos comunicar que qualquer reação ao destino significava cumpri-lo, alcançá-lo com mais ou menos velocidade ou simplesmente por outros caminhos. N. descobriu talvez, naquela noite, a sua vocação para um Khalil Gibran moderno, destituído dos atavios místicos e mais interessado nos desígnios do cotidiano real.

— Que foi? — Val perguntou.

Mas ninguém disse nada. Erguemo-nos e fomos, acabrunhados em nossos pensamentos, para a solidão inconcebível de nossas camas, N. inclusive, de mãos dadas com Márcia, que, um tanto arrastada, mal nos dirigiu um olhar, menos ainda um tchau, que lhe saiu insonoro e pobre, e que Val, cosida a mim pelo frio, de certa forma ignorou, abalada que ficara com aquela repentina movimentação de corpos debilitados pela inesperada consciência de toda a possibilidade humana abaixo do sol.

Estávamos a algumas horas do jogo, e supor uma derrota parecia-nos o mesmo que viver, de antemão, um sonho mau.

Seguimos, Val e eu, pela noite, até a sua casa. Seu pai não se encontrava, nem sua mãe, o que nos permitiria maior intimidade entre quatro paredes, e não — novamente — à luz das estrelas, no vão cortado entre duas casas de uma rua em transe.

— O que houve lá? — ela insistiu em saber.

Contei.

— Cacete! — ela disse, num impulso.

Sobre o corpo de Val, mais tarde, pensei em N. No seu vaticínio. O silêncio que se seguiu. A reação de todos nós. Os comentários — alguns indignados. A súbita dissolução da qual o grupo foi vítima à chegada de Val e Márcia, como se elas, fadadas à fantasia e ao sonho, corroborassem com sua presença aquele desígnio maldito. Pensei igualmente, e não sem ingenuidade, que tínhamos um dia inteiro para evitar que a profecia se consumasse — se é que isto era possível, obviamente. Assombrava-me a afirmação de que o que acontece já aconteceu. De que o presente foi, o futuro é, e o passado será. De que o que se diz já foi dito. Em suma: o que se afirma que vai ocorrer já ocorreu; apenas estamos nos lembrando do fato, que não passa de um porvir reincidente.

— Você não está se concentrando... — Val sussurrou, com malícia, em meu ouvido.

Nem poderia. Algo, muito maior do que eu, fazia-me flácido, impotente.

Deixei-me cair de lado e, em decúbito dorsal, fiz que ela me trabalhasse. Em vão. Eu não conseguia esquecer. N. abrilhantara-se e nos pusera sobre as cabeças um toldo de nuvens. Pensei em como ele estaria agora, com Márcia, e onde estariam. E, se era verdade que em vida apenas atualizávamos um passado, era igualmente verdade que não haveria nenhuma solução possível, nem para mim, nem para ele. O jogo estava perdido, e também aquele exato instante, para todos nós, naquela noite. Só nos faltava confirmá-los, vivendo-os.

Afastei Val de sobre meu corpo e comecei a me vestir. Ela me fitou intrigada, passando o dorso da mão nos lábios. Com o semblante turvo, e um olhar que não escondia certo desapontamento com meu desempenho — que meus gestos, afetados, tornavam patético —, talvez me achasse indigno de sua beleza, cobiçada por muitos. Não posso condená-la. Era inacreditável que o simples prognóstico para um jogo de futebol pudesse causar tanta desarmonia ao Universo. Num admirável conto de Dino Buzzati, a dor de uma barata — que, solitária na noite, destroçada, agoniza no corredor de um prédio — torna-se o sofrimento de todo o mundo, a ponto de nenhum ser vivo em volta conseguir conciliar o sono e se apaziguar, senão quando a sola de um pé piedoso põe fim àquele infortúnio, indiscutivelmente de todos nós.

Era assim que estávamos agora. Nada que fizéssemos tinha sentido e mal poderíamos chegar ao seu termo. Tudo gorava e se encolhia. A algumas horas do jogo, já o tínhamos perdido, mas não queríamos acreditar. Antes o fizéssemos. Não teríamos sofrido, e a necessidade deste relato não existiria.

— Não posso — falei.

A roupa não me entrava, o sapato não me cabia. Custava-me, depois de tudo, ajustar-me ao mundo. E a mim.

Não era certamente o que se dava com N., o vaticinador, o profeta. Concebido o augúrio, lançado contra todos nós e contra a Nação, era de se esperar que ele, em seu canto, estivesse em paz. Assim eu pensava. E creio que fosse o pensamento de todos os presentes àquele momento na praça, em que N., emerso de si mesmo, vaticinou: "A Itália vai ganhar". Mas eu me enganara. A sua noite também não era boa. Também havia, num dos corredores das casas e prédios de sua rua, uma barata agonizando. Também ele não deu cabo de Márcia, nem esta ficou satisfeita. E soube, mais tarde, nos dias que se seguiram à fatídica derrota, que a todos aconteceu algo de imprevisto, naquela noite. Ou não veio o sono ou veio repleto de evasões, de maus presságios. E aos que tentaram o sexo restou o travo amargo da decepção. A manhã pegou a todos ressacados e infelizes. Uma ruga de preocupação — ou certeza — a ferir as testas jovens, que jamais voltariam a ser o que foram.

Despedi-me de Val no portão. E foi como se me despedisse da vida. A noite fria apanhou-me e conduziu pelas ruas desertas. Ia devagar, a não pensar em nada e em tudo. Admirava-me o fato de que uma partida de futebol, que nem ainda acontecera, pudesse significar tanto. Mas há sempre um dia intenso que mudará a vida de alguém. E há sempre algo decisivo que se fará depois. Foi assim comigo e possivelmente o foi com todos, N. inclusive, que, naquele instante, em similaridade comigo, também caminhava para casa e, muito embora caminhasse com as próprias pernas, era como se fosse conduzido pelas palavras que pronunciara e que, em sua cabeça, martelavam como ferro incandescente contra a bigorna.

Meu irmão ainda estava acordado e me abriu a porta. Assistia a um filme qualquer na tevê — acho que *Piquenique na montanha misteriosa*, não posso precisar. Daquela noite e do dia que se insinuava nas janelas, por trás das cortinas, só recordo com exatidão o jogo, os cinco gols, o silêncio fúnebre depois do apito final e a sensação, indissolúvel, de que não havia justiça neste mundo, nem humana nem divina. Só depois, com os anos — e a *verdade*, que pôs neve em minhas têmporas —, compreendi que para os italianos a conclusão era inversa: a justiça fora feita. Redimiram-na Paolo Rossi, em venturosa tarde contra o Brasil, e depois Altobelli, que fez o terceiro gol da final contra a Alemanha e encerrou a Copa. Uma nação caíra em desgraça, enquanto outra se erguera para a luz.

— E o jogo amanhã? — meu irmão perguntou.

Eu bocejava na poltrona e mal observava o filme, que, de resto, não me despertava qualquer interesse. Val, N., Márcia e todo o nosso grupo eram muito mais importantes que *Cidadão Kane*. E eu estava preocupado com eles, com o que seria deles, e de mim, caso a profecia de N. se confirmasse. No futuro, talvez eu não pensasse mais assim. Deixasse me afastar das pessoas em favor dos filmes, que não envelhecem, não morrem e, especialmente, não gravitam em torno de sentimentos, como desprezo e inveja. Mas ali, naquela noite, eu era todo amizade e humanismo. Não obstante, falei, atribuindo-me o que não era:

— A Itália vai ganhar!

Coda

Desde então, meu irmão me imputa um poder que, em verdade, não possuo e que, julga ele, reservo unicamente para mim. A tal atributo devo, por certo, a minha riqueza — ele insinua, às vezes, com um sorriso —, bem como o pouco de celebridade que alcancei, a ponto de figurar nesta crestomatia sobre o ano de 1982 no Brasil, muito embora não passe de um exaltado admirador dos escritores de nossa época e assíduo frequentador de lançamentos literários. No entanto, mesmo um autor bissexto e sem pretensão estética sofre com os melindres de epígonos e invejosos.

Com este relato, espero convencer meu irmão de que não sou um adivinho. Por outro lado, receio que ele pense, em última instância, que não o enganei antes e que só o faço agora... O que um jogo — uma simples derrota — é capaz de inspirar nas pessoas!

Não sem algum contentamento, participo ao leitor que N. já morreu. E igualmente Val, Márcia, todos os demais protagonistas daquela noite. Não fosse o fato de que a mesma, como um anátema, não cessa de se repetir, eu até admitiria que sou um homem completo e afortunado. De todo modo, se as pessoas morrem e não são felizes, como decretou sombriamente Albert Camus, muito mais infelizes são as vítimas daquele holocausto do Sarriá, pois, como se não bastasse a certeza de que estamos sós nesta vida — e de que ao fim de tudo só nos resta o vazio —, ainda nos legaram isso: aqueles três petardos secos que persistem entrecortados de falsas carícias. Que ao menos a terra nos seja leve!

SOBRE O AUTOR

Mayrant Gallo é escritor e professor. Autor de *O inédito de Kafka* (2003), *Nem mesmo os passarinhos tristes* (2010), *Três infâncias* (2011), *Brancos reflexos ao longe* (2011), *Cidade singular* (2013) e *Os encantos do sol* (2013). Foi colaborador dominical do *Correio da Bahia*, no qual publicou mais de trezentos textos, entre crônicas, contos e ensaios. Sua novela *Moinhos* ganhou o prêmio Literatura Para Todos 2009, do MEC. É casado e mora em Salvador, BA.

Impresso em São Paulo, SP, em janeiro de 2014,
em papel avena 80 g/m², nas oficinas da Graphium.
Composto em Minion Pro, corpo 11,5 pt.

Não encontrando esta obra nas livrarias,
solicite-a diretamente à editora.

Manuela Editorial Ltda. (A Girafa)
Rua Bagé, 59
Vila Mariana – São Paulo, SP – 04012-140
Telefone: (11) 5085-8080
livraria@artepaubrasil.com.br
www.artepaubrasil.com.br